フカミ喫茶店の
謎解きアンティーク

涙鳴

STARTS
スターツ出版株式会社

『フカミ喫茶店』では、アンティークに宿る〝記憶〟、〝想い〟を読み解きます。
声にならないメッセージ、知りたい方はぜひご来店ください。
なお、料金は依頼により変動しますので、来店時にご相談くださいませ。

＊＊＊

フカミ喫茶店には、変わった店員が勢揃《せいぞろ》い。
世界一おいしいコーヒーを淹《い》れる老紳士に、宝物を癒《いや》す天才少年リペア師。
そして、性格に難ありのイケメン鑑定士。

ここに持ち込まれる〝依頼品〟は、今日も事情を抱えてやってくる。
ですが、どんな謎もトラブルも、私たちが必ず解決いたします。
ようこそ、不思議な鑑定士のいる、フカミ喫茶店へ。

それは、アンティークが織りなす〝絆《きずな》〟の物語。

目次

フカミ喫茶店の謎解きアンティーク

プロローグ

今日から、人生初のバイトを始める。

勤務日数、週五日。

勤務時間、午前九時から午後九時までのシフト制。なお、依頼に合わせて時間変動あり。

時間外手当も完備で、時給は千円。

学校がある日は、終わってからのバイトになってしまうけれど、高校生にしてはなかなかの好条件だと思う。

「よい、しょ」

自室の勉強机の上に置かれた卓上の鏡をのぞき込むと、私は両方の耳上の髪を慣れない手つきで掬《すく》い、後頭部でまとめる。

そこに花のヘアクリップをつければ、この前たまたま駅前の書店で見つけて、たまたま立ち読みしたティーンズ雑誌で紹介していた今流行《はや》りのハーフアップの髪型が完成する。

「……ただの、バイトだから」

鏡に映る自分のゆるみっぱなしの顔に言い訳しながら席を立つと、今度は部屋の扉のすぐそばにある姿見の前へと立ち、身にまとった春物のワンピースを見つめた。どこかのモデルにでもなったかのように、調子に乗ってターンをすると、誰も見ていないのにニコリと笑ってみせる。

「た、ただの……バイ……」

もう一度、自分の顔を鏡で確認する。

いつもより広く引いたアイライン。クルンと上がったまつげに塗りたくられたボリューミーなマスカラ。最後に主張するように、プルンとしたグロス付きの唇。

……白状します。

「嘘《うそ》です、ごめんなさい！」

だって、ただのバイトも噂《うわさ》の先輩がいるとなると話は別だ。気合いが入るのは女の子としては至極当然で、つまり確信犯なわけなのだが……。

これから通うことになるであろうバイト先には、うちの高校でひそかに人気のある、ふたつ年上の無口でクールなイケメン、前野拓海《まえのたくみ》がいる。

なぜ私がバイトをしようと思ったのか。

もちろんお金のためでも、先輩への下心でもない、神様に誓って。

理由は、この胸元で輝くペリドットのペンダントだった。太陽の装飾の中に鎮座《ちんざ》するペリドットの宝石。変わったデザインをしたこのペンダントは、ある人からのもらい物だ。

おぼろげに覚えているのは……。

『これを預かってほしいの』

鈴のように美しい音色の声と、肌に触れるずっしりとした重みに冷たいペンダントの感触。

『あなたは優しい女の子だから、この出会いが私の思い描く運命となり、救いとなりますように』

まぶしい陽だまりの、かすむような視界の中。あの人はそんな謎の言葉とはかない微笑《ほほえ》みを私に残した。

思い描く運命とはなんなのか、救いとはなにに対して言ったのか。そもそも、あなたは誰なのか、どうして私だったのか……。

ずっと知りたかった謎を、解けるかもしれない人。

それが、拓海先輩だったのだ。

では、なぜ先輩なのか。時は、拓海先輩の秘密を知った日まで遡《さかのぼ》る——。

Menu 1

謎に包まれたペリドット

「またひとり寂しく、東京《とうきょう》の街をエアデート？」

そう言って意地悪く笑うのは、親友の吉高里衣子《よしたかりいこ》こと、リィ。

彼女は生まれつき色素が薄いらしく、栗色《くりいろ》に近い髪を後頭部の高い位置にまとめてポニーテールにしている。なんでも、リィの母方のおばあちゃんがアメリカ人らしく、色白の肌に薄い黒目、筋の通った高い鼻は、日本人というより欧米に近い顔立ちだ。

「エアって言うな、散策だから！」

思ったことはズバズバと言う彼女の物怖《ものお》じしない性格は、私に似ている。一緒にいて居心地がいいのは、きっと波長が合うからなのだろう。

「はいはい、じゃあね」

『はいはい』って……なんて適当な返事に、おざなりな扱いなんだ。

不満をグッと飲み込んで、怒りを通り越すと、最終的には呆《あき》れた。そして、「まあ、いっか」と嫌なことは引きずらないこの性格は、自分で言うのもなんだが好ましい。

「もー、また明日ね！」

親友に手を振り、校門で別れた放課後。

私、七海来春《ななみこはる》は先月、花の高校生となった。

時刻は午後三時三十分、まだ日も高い五月。あっという間に桜は散り、新芽が木々の隙間にちらほら見え始めているこの温かい季節こそ、お出かけ日和《びより》だなと思った。

　これはひとりで東京散策をするしかないと、さっそく高校から徒歩十分ほどの距離にある駅前のショッピング通りにやってきた。だがしかし、間違ってもエアデートなどと悲しい妄想ゆえの行動じゃないことは言っておきたい。

　ガラスウィンドウからのぞく、ピンク、クリーム、黄色といった淡い系統の春物ワンピース。鼻をかすめる誰かの香水の匂いに、クレープの焼ける香ばしい匂い。

　この都会の華やかさは、繰り返される私のつまらない日常を少しだけ変えてくれる気がするのだ。

「あ、あれ、新作のミント抹茶マキアート！」

　衝動的に若者であふれかえるコーヒー店に入り、迷わず新作をテイクアウトした。

　さっそくひと口飲めば、なんとも言えないグロテスクな味が口内に広がる。

「こ、これは……。

「例えるなら渋すぎる歯磨き粉、いや、無駄にスースーするお茶……？」

　とにかく、今回の新作は完全にアウトだ。奇抜なアイディアに期待していたのに、誰がこのドリンクの販売許可を下ろしたのか、訴えてやりたい気分になった。

　ちょっぴりどんよりしつつ、行き交う人の波に追い越されながら道を歩く。さっきまでの高揚感はどこへやら、テンションはガタ落ちだった。

「はぁぁ、責任とってよね……」

こんな時に彼氏がいてくれたら、このマズすぎるマキアートもおいしく感じるのかな。なんて、愚痴《ぐち》をこぼしながらトボトボと当てもなく歩く。

もしもの話だ。私に超絶イケメンの彼氏がいたとしよう。そうしたら、『なんだ、もう飲めないのか?』『だって苦いんだもんっ』『仕方ないな、俺が代わりに飲んでやるよ』的な会話が繰り広げられ、ショッキングな出来事も胸キュンエピソードにすり替わり、素敵な思い出になったことだろう。

そんな、ありもしない妄想を膨らませていると、不意に人の気配が消えた。あんなに聞こえていたはずの誰かの話し声、車のエンジン音など、とにかく雑音がないことに気づく。

「あ、あれ……ここ、どこ?」

ハッとして周りを見渡せば、都会にはふさわしくないこじんまりとした路地。その道は薄暗く、まっすぐどこかに続いている。

「行ってみよう」

不気味だったが、ほとんど無意識に足を踏み出していた。

なんか、不思議の国に迷い込んだみたいでワクワクする。自分でも子供みたいだと思うけど、さっきの奇抜なドリンクも、この怪しげな路地も、冒険したいタチなのだ。

そして、道の半分くらい進んだところで、ズルズルズルッという奇妙な音が聞こえた。

目を凝らせば、目の前からゴールデンレトリバーが駆けてくるのが見える。

「……犬の散歩？」

普通はそう思うはずなのに、そのゴールデンレトリバーは本来飼い主に握られているはずのリードをズルズルと引きずってている。そして、一直線に私に向かってきているのだ。

「い、いやいやいやいやっ」

あんな巨体、いたいけな女子高生にはとてもじゃないが、受け止めきれない。

そんなことを考えている間にも、爛々《らんらん》とした瞳が私を捉えて離さない。

終わった……。

私は呆然《ぼうぜん》と迫りくるゴールデンレトリバーを見つめて、瞬時に終わりを悟《さと》った。

「ワウーン！」

雄叫《おたけ》びと共に、勢いよく上がる前足。私は受け身をとる暇もなく、全身でその巨体を受け止めた。

「うぅっ……一瞬意識が飛びかけた……」

目を開ければ、倒れた私のお腹の上に伏せをするゴールデンレトリバー。ハッハッハッと興奮気味に私を見つめている。

「ははは……もう、元気だなぁ」

そのキラキラとした瞳に、思わず力が抜けた。

「お嬢さん、おケガはありませんか！」

その頭をよしよしと撫《な》でていると、慌てたように飼い主が現れる。

「大変失礼しました。いつもは私を無視して突然走りだすことはないのですが……すみません、お手を」

そう言って差し出される手に、ようやくその人の姿を確認する。

優しげに垂れた目尻と白髪が特徴的な、黒のカフェコートに身を包む六十歳くらいの老紳士だった。

なんだか喫茶店のマスターみたいだな、と思う。

「あ、ありがとうございます……」

お嬢様扱いに感動しながらその手を取ると、ふわりと苦いようでホッとする香りが鼻腔《びくう》に届く。

コーヒーのいい匂いだ……。

そんなことを考えているうちに、ようやく私の上にいたゴールデンレトリバーから解放された。

「ふぅ……」

あぁ、おいしいコーヒーが飲みたいな。

先ほどのマズすぎるマキアートを思い出すと、なお口直ししたくなる。

「申し訳ありません。ケガなどはされていないですか？」

「あ、全然大丈夫です！　このとおりピンピンしてます！」

元気をアピールするために両手をぶんぶん振り回すと、老紳士は一瞬目を見開いて、すぐに微笑む。

「ふふ、面白い方だ。私は深海《ふかみ》進《しん》と申します。この先の喫茶店でマスターをしております」

あ、やっぱり喫茶店のマスターだったんだ。

それにしても、この辺りに喫茶店なんかあったかな？と思い、私は周りを見渡す。

メイン通りから外れているせいか人の声も聞こえず、建物の裏側の壁の間にあるこの道に、喫茶店どころかお店なんて見当たらない。

「どうかしましたか？」

キョロキョロする私に深海さんが声をかけてきた。

すぐに注意力が散漫するところは、私の短所だ。

「あっ、私は七海来春です！」

慌てて自己紹介をすると、深海さんは人のよさそうな笑顔を返してくれる。

「はい、よろしくお願いします……おや？」

不意にゴールデンレトリバーを見下ろした深海さんが首を傾げた。

「クラウン、お前はなにをくわえているんだい？」

「え？」

深海さんの視線は、クラウンの口の中に向けられている。詳しく言えば、そこでキラキラと輝く黄緑色の宝石に。

「あぁーっ!!」

私のペンダントが！

ペンダントは見事にチェーンが引きちぎられており、クラウンの口元からだらりと垂れている。

私はこの世の終わりみたいな気分で悲鳴を上げた。

「大切なお守りなのに……」

どうしたものかと涙目で頭を抱える。

というのも、これは私の所有物ではなく預かり物なのだ。それも、あの人からしたら、とても思い入れのあるモノに違いない。

『あなたは優しい女の子だから、この出会いが私の思い描く運命となり、救いとなりますように』

思い出すのは、あの鈴の音のような声が残した謎の言葉。意味はわからないけれど、このペンダントは少なくとも〝運命〟と〝救い〟が託された大切なモノということになる。

それを壊したとなれば、あの人になんておわびすればいいか……。

「これは、申し訳ありま……ん？」

クラウンの口からチェーンの切れたペンダントを手に取った深海さんは、驚いたような顔をした。

「これはペリドット……悪しきものを払う太陽の宝石、ですか」

「え？」

「ペリドットの持つ力のことですよ。宝石にはそれぞれ力があります」

パワーストーンの効果みたいなことだろうか。

私も、この石がペリドットという宝石だとは知っていた。このペンダントをあの人からもらった時に気になって調べたのだ。けれど、宝石の持つ意味までは知らなかった。

「ペリドットは特に明るくパワーにあふれた宝石で、古代エジプトでは国家の象徴でもあったらしいです」

「へぇ～、すごい宝石なんですね、知らなかった！」

深読みしすぎかもしれないけど、そんな大層な意味を持つペンダントを私に預けたことにも理由があるのだろうか。

「まぁ、これはある人の受け売りなんですがね。でも、このデザインに見覚えがある気が……」

どうしたんだろう、深海さん。なにかを考え込むように、ペンダントに見入っている。

しばらくすると首を横に振り、「いえ、私の考えすぎですね」と取り繕うような笑みを浮かべて私にペンダントを手渡した。

「来春さん、もし迷惑でなければこのペンダント、うちでリペアさせていただけませんか？」

「え、うちって……」

……喫茶店で？

よっぽど見当のつかない顔をしていたのか、深海さんは意味深に笑う。

「ふふ、うちの喫茶店は少し特殊なのですよ」

特殊ってなんだろう。

私は不思議に思いながらも、好奇心に負けてついていくことにした。

「ここが……フカミ喫茶店」

つぶやいたとおり、アーチ状の銅色のプレートに金の字で書かれた【フカミ喫茶店】の文字。外装は赤茶色のレンガでできており、壁からつり下げられたガス灯が明治時代にでもタイムスリップしたような、レトロな造りだった。

「若い人には、なかなか入りづらいと思いますが……」

呆然とお店を見上げていると、深海さんが声をかけてくる。

「そんなことないです！　こういうレトロチックなの好きですよ」

なんというか、都会のキラキラした世界も好きだけれど、こういう昔を感じさせる建物もいい。前世が実はその時代の人間なんじゃないかと錯覚するほどに落ち着く。

「ふふ、ありがとうございます。それでは、いらっしゃいませ、来春さん」

カランッカランッと耳心地のいい音を立てて深海さんが扉を開けてくれる。一歩踏み出そうとすると、そのすぐ横をクラウンが横切って先にお店へと入っていった。

不意に、不思議の国のアリスを思い出す。物語では時計を持ったウサギが不思議の国に連れていってくれるけれど、私はどうやらクラウンと素敵な老紳士に招かれたみたいだ。

ウキウキしながらまた一歩前に進むと、目の前に広がる世界に私は息を呑《の》んだ。

「わぁ……っ」

思わず感嘆の声を上げる。

喫茶店なのにひとつしかないテーブル。他はカウンターだけの変わった空間。薄暗い店内を照らす唯一の光は、褪《あ》せた黄金が高級感を感じさせるシャンデリアだ。

そして、この重厚な雰囲気の中にある、異色。キラキラと輝く石がはめられたアンティークアクセサリーに、美しいブロンドヘアのアンティークドール。

「深海さん、この人形は……」

「人形劇で有名なチェコのパペットだそうです」

「じゃあ、これは!?」

「オランダから仕入れたらしいのですが、用途は不明ですね」

他にも、大昔の貴族が着ていそうなくすんだ白のドレスに、星のオーナメントなど、目新しい奇天烈《きてれつ》なモノがここにはたくさんあった。

「まるで、宝箱に入ったみたい……」

あふれかえるアンティークに、私の好奇心と冒険心は爆発しそうだった。

「マスター、騒がしいけどお客さん？」

すると喫茶店の奥、階段から下りてきた男の子が声をかけてきた。

「空《そら》くん、ちょうど呼びに行こうと思っていたところでした」

「リペア？」

「えぇ、彼女のペンダントをリペアしてほしいのです」

……え？　この子が私のペンダントを修理するの？

目の前に立っているのは、切れ長の冷めた目をした黒髪の男の子。灰色のカーディガンとカットソーの重ね着にスキニーパンツ姿というシックなファッションが大人びて見えるものの、明らかに小学生だった。

ゆえに幻聴かと思った私は、どういうことかと深海さんを凝視した。

「わかった。なら、依頼品貸して」

そばにやってきた男の子——空くんは、私に手を差し出す。

まさか、まさかだけど……。

私は嫌な予感が頭の端にちらつく中、尋ねる。

「やっぱり、君がリペアをするの？」

「そうだよ、僕がやる」

「えぇっ!?」

正気か、と私は悲鳴を上げた。この子に本当に修理ができるのか不安になる。

「マスター、この人失礼」

ムッとしたのか、空くんは軽く私を睨《にら》んでくる。

あはは、嫌われちゃったかな……。でも、こちらも大事なペンダントを工作の実験台にされるわけにはいかないのだ。

「来春さん、空くんはうちのリペアスタッフです。このとおり小学三年生とお若いですが、これまでもたくさんの依頼品を修理しています。安心してください」

ここのリペアスタッフって、本当だったんだ。お若いどころじゃないけれど、深海さんが言うんだからきっとそうなんだろう。

私はしぶしぶ頷《うなず》き、空くんに向き直る。

「えっと、私は七海来春です。よろしくね、空くん」

「僕は平井《ひらい》空。これは絶対直すから」

私が差し出したペンダントを、空くんが挑戦的な瞳で受け取った。

言い方もどこか刺々《とげとげ》しく、やっぱり嫌われたかも、と私は苦笑いする。

「待っている間、コーヒーをお淹れしますね」

「あっ、ありがとうございます！」

椅子を引いてくれた深海さんに促されて席につく。深海さんがカウンターの方へ歩いていくのを見送り、私は改めて店内を見回した。

こんなところが近所にあったなんて知らなかった。雰囲気もいいし、今度リィにも教えてあげよう。

「あ、いけない」

すると、なにかを取りに深海さんは店内の奥へと消えた。

私は必然的にこの空間に取り残される。

そんな時だった。カランッカランッとベルを鳴らして、お店の扉が開く。そして、入ってきた人物と目が合った。

「あ？　誰だ、お前」

なにもしていないのに、まるで不審者を見るように相手は怪訝《けげん》な顔をする。

だけど私は、その理不尽な扱いに怒るより先に驚きのほうが勝っていた。

「な、なぜここに……」

「それは俺が聞きたい」

いや、私が聞きたい。だって彼は、うちの高校ではかなり有名人なのだ。

前野拓海、高校三年生。スラッとした手足に、モデル顔負けの整った顔。サラサラの黒髪がどこか清潔感を感じさせる、無口でクールなイケメン先輩。

「……ん？　その制服、俺と同じ……」

「えーと、はい、一年の七海来春です！」

「あっそ」

絶対零度のブリザード対応をモロにくらってしまった私は、胸の内で悲鳴を上げる。

そこまで冷たくされると、さすがに落ち込む。社交辞令でも世間話でもいいから、コミュニケーションを大事にしなさい、と文句を言いたい気分だった。

「で、なんの用だよ」

「しゅ、修理を頼んでます」

「リペアか」

そう言いながら、ドカッとカウンター席に腰を下ろす拓海先輩。

やだ、沈黙が気まずい。

早く深海さん戻ってこないかなぁと泣きべそをかきそうになりながら、店の奥に視線を向けると……。

「おや、帰ってきてたんだね、拓海くん」

「あぁ……ただいま」

待望の深海さんが戻ってきて、張りつめていた空気が和《やわ》らぐ。

待ってましたと言わんばかりに、私は胸を撫で下ろした。

「もう、そんな時間でしたか」

深海さんは胸ポケットから、金の懐中時計を取り出す。

「おや、こっちではなかったですね」

そう言って今度は、一度取り出した懐中時計を胸ポケットにしまうと、ズボンのポケットから別の銀の懐中時計を取り出して時間を確認した。

あれ……？　深海さん、懐中時計ふたつ持ってるんだ。

「来春さん、ウインナーコーヒーです」

静かにテーブルに置かれたのは、王朝風の気品あふれるカップ。

「わぁ、いい香りっ」

しかも、コーヒーの上にホイップクリームが乗っている。それだけでポイントはかなり高い。

「カフェ文化の花が開いたオーストリア・ウィーンで誕生したコーヒーなのですよ」

「へぇ、いただきます！」

ドキドキしながらカップに口をつければ、濃くて苦いのに、またたく間にホイップクリームのまろやかさが口内に広がって、芸術的なハーモニーを生み出す。

「んん～、おいしいっ」

「そんなに喜んでいただけると、淹れたかいがあります」

駅前で飲んだミント抹茶マキアートとは大違いだ。あれのせいでダダ下がりだった気分も、深海さんのコーヒーで急上昇する。苦味に頭はスッキリするし、甘味に心がほっこりとした。

「拓海くんは、ブラックでいいかな？」

「あぁ」

ボソリと答えた拓海先輩は、カバンから本を取り出して静かに読み始める。

拓海先輩、ブラック飲むんだ。

なんかイメージどおりかもと、こっそり遠くから噂のイケメンを鑑賞する。

「……なんだよ」

さすがに凝視しすぎたのか、不機嫌そうな拓海先輩がこちらを振り返った。

「ヒッ、い、いえ……」

この人、背中に目でもついてるんじゃないだろうか。人間離れした勘の鋭さが恐ろしい。

「さすがクールイケメンだなと思いまして」

「は？」

呆れを通り越してややキレ気味に言った拓海先輩に、ビクリと肩が跳ね上がる。

この人、いちいち言動と表情が怖いんですけど。

拓海先輩と会話？を始めて数分、早くも疲労感を感じながら、もう一度声をかけてみることにする。

「拓海先輩、うちの学校でめちゃくちゃ人気なんですよ！」

「知らん」

嘘、天然なの、この人。それとも、単に興味ないだけなのか。あれだけ女子からのラブラブ光線浴びといて、知らないとは。購買では誰が後ろに並ぶかで醜い争いが起きているくらいなのに、取り巻きの女子たちがあまりにも不憫《ふびん》だ。

「拓海先輩、よくここの喫茶店通ってるんですか?」

深海さんも名前を呼んでたし、常連なのだろうか。あ、でも拓海先輩、深海さんに『ただいま』って言っていたような気がする。

「俺は……」

拓海先輩がなにかを言いかけた時……。

「来春、できた」

空くんがペンダントを手に、ヒョコッと店内に顔をのぞかせた。

呼び捨てかい!と思いつつも、空くんのかわいさに私はつい許してしまう。

「ありが……わっすごい!」

「こんなの誰でもできる。来春のは金具が歪《ゆが》んでただけだったから、輪に戻してつなげて、すぐ終わった」

それにしたって、元どおりだ。チェーンはクラウンの牙《きば》で見事に裂けていたし、一つひとつの輪も小さいので、かなりの手間がかかったはず。

「でもそれなら、チェーンを丸ごと換えたほうが楽じゃない?」

壊れた部分を修理するより、新しいチェーンを通したほうが断然早い。

「それじゃあ、リペアの意味ない」

「え？」

もう一度ペンダントとして使えれば、それでいいんじゃないの？

このペリドットの宝石さえちゃんと残っていれば、それでいいのでは、と思っていた私は、次の空くんの言葉に衝撃を受けた。

「その小さな金具ひとつでも、思い出が詰まった大切なモノに違いないから」

「あ……」

空くんに言われて気づく。空くんは私の宝物を金具ひとつでさえ大切に扱ってくれていたのだ。

「そっか……ごめんね、バカなこと言って。空くんの言うとおりだ」

受け取ったペンダントを両手でギュッと握りしめる。新しいモノに換えればいいだなんて、私はなんてことを言ってしまったんだろうと反省した。

「これからは、金具ひとつでも大切に扱うようにする！」

「ん」

コクンと満足げに頷いて、空くんは小さく笑った。

なんだか今日は大切なことを知れた気がして、前よりずっとこのペンダントが愛しくなった。

「それ……どこで手に入れた？」

すぐそばで、声が聞こえた。

「えっ」と驚いて顔を上げれば、食い入るように私の手元をのぞき込む拓海先輩が隣に立っている。

「わっ、拓海先輩!?」

「そのペンダント、どこで手に入れたんだ！」

強く肩を掴《つか》まれた。拓海先輩の指が食い込んで、私は痛みに顔をしかめる。

急にどうしたのだろうか。そう尋ねたいのに、驚きに口がきけずにいた。

「落ち着きなさい、拓海くん」

ポンと深海さんの手が拓海先輩の肩に乗せられる。そこでハッとした拓海先輩は、私の顔を見ると申し訳なさそうに俯《うつむ》いた。

「……悪い」

「いえ、大丈夫です……」

とは言ったものの、どうしたのか気になった私は「なにか、理由があるんですか？」と尋ねる。

「それは……お前には関係ない」

返ってきたのは、答えではなく拒絶だった。

『関係ない』って、確かにそうだけど……。そんな言い方しなくてもいいのに、とイライラしてしまう。

文句のひとつでも言ってやろう。そう思って拓海先輩の顔を見上げた瞬間、怒りが吹っ飛んだ。拓海先輩は口を引き結び、眉をギュッと寄せ、つらそうな顔をしていたからだ。

「え、えっと……」

まずったな、聞いちゃいけなかったことだったのかもしれない。

彼の顔を見て、図々しく理由を聞いた自分を殴りたくなった。

「そんな顔しないでください、拓海先輩」

反省して、自分を責めたくなる気持ちを切り替えるように言った。

拓海先輩は『どういう意味だ？』とでも言いたげに私の顔を見つめている。

「私にわかる範囲ですが、話しますから！」

「そうか……」

拓海先輩は、見てわかるほどホッとしたような顔をした。

いつもはクールで何事にも動じない純氷《じゅんぴょう》のような人なのに、今は迷子みたいな面差《おもざ》しで目を伏せている。なんか、この人ってほっとけない。

拓海先輩を前にすると、そんな母性本能が駆り立てられるのだ。

「といっても、私も記憶があやふやな部分もあるんですが……」

確かに覚えているのは、過ごしやすい秋風の吹く季節だったこと。

そっとまぶたを閉じれば蘇《よみがえ》る、あの人の姿と共に過ごした短くも濃い時間に私は思いを馳《は》せた。

――小学三年生の秋、風邪をこじらせた私は、マヌケにも肺炎になって病院に入院していた。

そんな時だ、あの人と出会ったのは。

体調も回復し、退院も間近だった私は他の患児と一緒に緑茂る病院の中庭へと出ていた。そこで見つけた、丸まるように前かがみにベンチに腰かけるその背中が、あまりに愁《うれ》いを帯びていたからか、つい……。

『なにか、悩み事があるの？』

そう声をかけていた。

あの人は少し疲れた顔で私を振り返る。

『なら、私がいるよ』

なにか力になれたらと、私はあの人の前に立った。

恐らく三十代後半くらいだろう。長い黒髪がサラサラと風に揺れていて、とってもないのだ。

こんな顔立ちだったかもということ以外はもやがかかり、曖昧にしか記憶に残っていない。

キレイだと思ったのを今でも覚えている。ただ、顔はぼんやりとしか思い出せない。

『あなたは？』

『私は来春っていうの!!』

『そう、とってもいい名前ね』

この時、あの人は名前を名乗っていたような気がするけど、やっぱり思い出せない。

『これを預かってほしいの』

私はこの後肺炎をぶり返してしまって、高熱の影響か記憶がところどころ抜けてしまっていた。あの時の会話は私にとって大切なモノだったはずなのに、今では飛び飛びにしか蘇ってこない。

あの人は自分の首からペンダントを外すと、代わりに私の首にかけた。

キレイな黄緑色の石。でも、どうしてこれを私に預けたのか、理由はわからない。

『あなたは優しい女の子だから、この出会いが私の思い描く運命となり、救いとなりますように』

あの人と会ったのはこれが初めてで、これが最後だった。

それ以上なにも言わずに、あの人は私の前から去った。はかなげな微笑みと謎の言葉だけを残して――。

「どうして私だったのか、その言葉の意味を知りたいんです。だけど、あの人が誰なのか、思い出したくても記憶が曖昧で、話せることっていうとこれくらいしか……」

「それだけじゃ、なにもわからん」

案の定、拓海先輩に呆れられた。

「で、ですよねー……」

これでも、記憶を全力で手繰《たぐ》り寄せたんですけどね。

そんなバッサリ言わなくても、と少し落ち込んだ。

「仕方ない、鑑定する」

「……鑑定？」

私の手に乗せられたペリドットの宝石に、拓海先輩は触れる。

あっ……これはヤバい。

必然的に重なる手に、ドキドキとうるさくなる心臓。今は真面目な話をしてるんだから静まれ、と心の中で葛藤《かっとう》する。

「………」

だけど私の言葉には表情ひとつ動かさずに、無言でペンダントを見つめている拓海先輩。

私の緊張は、ついに限界に達した。

「えーと、拓海先輩?」

返答くらいはしてくださいい。めげないタイプですが傷つきやすいんです、これでも。

心の中でツラツラと自分の〝取説《とりせつ》〟を語りつつ文句を垂れる。

「うるさい、集中できない。話しかけるな」

今、胸にプスプスプスと三本続きに言葉のナイフが突き刺さった。

出たよブリザード。本当にこの人は容赦《ようしゃ》ないな、とため息をつく。

「うぅっ、はぁーい」

でもまさか、学校で人気の先輩とこうして手を重ねる日が来るとは。明日は夜道に気をつけよう。なんでって、そりゃあ……ファンに襲撃されかねないからだ。

「拓海くんは、ここの鑑定士ですよ」

なにも言わない拓海先輩を見かねて、深海さんが答えてくれた。

やっぱり深海さん、紳士!

冷たくされた後だからか、深海さんの優しさが胸に染みる。

「鑑定士って、美術品が本物かどうか、価値はどれくらいか、確かめるアレですか?」

家に眠るお宝がいくらになるかで盛り上がっていた番組を思い出す。お母さんが『家にもお宝あるかしら』って言いながらよく見ていたのだ。

「拓海が鑑定するのは、依頼品に宿る記憶と想いだよ」

「……ワンモアプリーズ？」

空くん、そんなＳＦアニメじゃあるまいし、と一応聞き返す。

「来春、バカ？」

「現実的と言って！　だって、そんなこと信じろってほうが難しいっていうか……」

聞こえていたけれど、頭の理解が追いつかないのだ。

「そうなるのも無理はありません。ただ、私どもに言えるのは、これが現実だということです」

深海さんまで、これが事実だと断言する。

「ここは、拓海くんの鑑定を必要としている依頼人が訪れる喫茶店なのです」

そう言われると……こんなにアンティークがある理由も、テーブル席がひとつしかない異様さにも納得できる。ここは、喫茶店としてお客さんを迎えるというより、依頼人をもてなすための場所みたいだ。

「依頼品であるアンティークの記憶と想いを読み解く鑑定士。彼は裏社会では有名人ですからね」

「う、裏社会……」

本当に、拓海先輩って何者⁉　これが、いつも無口で人を寄せつけない拓海先輩の秘密なのだろうか。

面倒事に巻き込まれそうな予感がして、早くも知ったことを後悔しそうになった。

「……おかしい」

黙り込んでいた拓海先輩が、急に声を発した。

「どうしたんですか、拓海先輩」

「……見えない、感じないんだ」

それは、絶望感や戸惑いを含んだような、複雑な声だった。

「まさか、拓海くんに鑑定できないものがあるのですか？」

「信じられない」

深海さんも空くんも深刻そうに驚いているけれど、そんなに珍しいことなのだろうか。

「今日は調子が悪いとか？」

そう言った瞬間、拓海先輩の鋭い視線が私に向けられた。

「ひぃっ」

だから怖いって、ブリザード光線！

親の敵《かたき》でも見るような目に、私は逃げ出したくなった。

「そんなわけあるか」

「はい、すみません……」

私が悪うござんした！

とにかく、このペンダントが拓海先輩にとってどんな価値があるのかわからないけど、不機嫌になるくらいには重要なことだったらしい。

「また日を改めれば、拓海先輩のその……不思議な力？」

「鑑定だ」

「そう、その鑑定もできるようになるかもしれないし、またチャレンジしたらいいんですよ！」

だって、今悩んでてもしょうがない。落ち込んで立ち止まるのは性に合わないのだ。

「私、今日初めてペリドットの宝石の意味を深海さんから聞いて、少しだけどあの人の伝えたかったことに近づけた気がしたんです」

些細《ささい》なことだけど、今まで手がかりすらなかった私にとっては大きな進展だった。

「私も知りたいんです。あの人がこのペンダントを私に託した理由」

ううん、知らなきゃいけない気がする。悪しきものを払う太陽の石、ペリドット。

そんな大層な力を持つ宝石を、他の誰でもなく私に託した理由を。

「この謎を解けるのは、拓海先輩だけなんです！」

「お前……」

拓海先輩の目が、信じられないモノでも見たかのようにみるみると見開かれる。それは不快な感情ではなくて、本当に驚いている様子だった。

「だから、また根気強く鑑定をお願いします！」

戸惑っている拓海先輩にバッと頭を下げた。

「それでは、ここでバイトするというのはどうでしょうか？」

私たちを見守っていた深海さんが、予想だにしない提案をしてきた。それに一瞬、目をしばたたく。

「は？」

「え!?」

見事に、拓海先輩と声が被《かぶ》った。
バ、バイトするって、私がこの喫茶店で？
採用条件に特殊能力とか書かれてたらどうしよう、と不安になる。

「あの、私、拓海先輩みたいな超能力ないです」

「お前……バカなのか？　そんなにホイホイと俺みたいな人間がいるわけないだろ」

一応、確認してみただけですよ。

なのにバカ扱いされて、ムスッとした顔をしたのが自分でもわかった。

「そこまで言わなくてもいいじゃないですか！」

「お前の思考は短絡的すぎるんだよ」

「た、短絡……って？」

どういう意味だっけ。

ポカンとする私を見た拓海先輩に「はっ」と鼻で笑われた。

なんか、無性にムカつく！

珍しく饒舌《じょうぜつ》かと思えば、どれも私をけなすものばかり。天才ではないけれど、バカは聞き捨てならない。

「ブリザードめ……」

「なんか言ったか」

ギロリと凶悪な視線が向けられたが、負けじと睨み返す。

「なんもありませんよ！」

そう言い捨てて、私はプイッと顔を逸らした。

「ガキか、お前は」

「私には七海来春って名前があるので、お前じゃないです！」

「興味ない」

それ、私に興味ないってことですよね。

確かに不愛想だけど、カッコイイなと憧れていた手前、眼中にないみたいな扱いをされると女の子としては落ち込む。

私はガックシと肩を落として、こっそりため息をついた。

「拓海くん、あまり来春さんをからかってはいけませんよ」

「……そんなんじゃない」

いや、深海さん。本当にからかうとかじゃなく、拓海先輩は私に微塵《みじん》も興味を持っていないだけですよ。

そんな心の声が喉まで出かかった。

でも、優しく深海さんが諭《さと》すと、拓海先輩はばつの悪そうな顔をするからすごい。拓海先輩を手なずけられるのは、深海さんしかいないんじゃないかと思った。

こうして見ると、深海さんは拓海先輩のおじいちゃんみたいだなぁと、ふたりのやりとりを見つめる。

「来海さん、特別な力は必要ありません。この喫茶店で私のお手伝いをしてもらいたいのです」

深海さんはニコリと上品に微笑みながら言った。

「お手伝い……ですか？」

「はい、初めは掃除や注文などを。追々《おいおい》、コーヒーも淹れてもらえたらと思います」

あっ、それならできそうかも、と思った私は前向きに検討するという意味で深海さんに頷いてみせた。

「私も歳でして、お手伝いさんが欲しいと思っていたのですよ」

「それなら喜んで！」

「週に何日くらい出られますか？　女性ですし、時間も遅くならないほうがいいですよね」

女性……そんなふうに扱われるのは、どこかのお嬢様になったみたいで気分がいい。やっぱり深海さんって紳士だ、と感動する。

「いくらでも出ます！　それに、時間もみんなと同じがいいです。帰りはできるだけ大通りで帰りますから！」

必要とされるのは、悪い気はしない。だからつい調子に乗って気前のいいことを口にしてしまう。

それに、お手伝いさんが欲しいほど深海さんが困っているのなら、助けたい。だから私は、バイトを引き受けることに決めた。

「では、勤務日数、週五日、勤務時間は午前九時から午後九時までのシフト制。学校がある日は終わってからでかまいませんし、休みたい時は自由におっしゃってくださいね」

「はい！」

どうせ部活に入っているわけでもないし、ひとりでぶらぶら東京散策するのにも、いい加減飽きてきたところだ。社会勉強にもなるし、バイトもいい経験かもしれない。

「それから時給ですが、二千円というのはどうでしょう」

「に、二千円!?」

全国の時給平均は九百七十五円、東京の時給平均にしても千八十一円だとバイト情報誌で見かけたことがある。

「足りませんか？　でしたら……」

「その逆ですよ、高すぎですって！」

無能なバイトに二千円って、いくらなんでもそんなにもらえない。

「最低賃金でいいですから！　私もいろいろプレッシャーになりますし……」

バイト代に見合う仕事がいきなりできる自信は、ハッキリ言って、ないに等しい。なんたって初めてのバイトなのだ。

「そこまでおっしゃるのなら……千八百円でどうでしょうか」

深海さん、全然下がってないですから、それ！

「高いです！　九百円くらいにしませんか？」

私は雇い主相手に時給を下げてもらうという、変な値切り大会を深海さんと繰り広げていた。

「いえ、さすがに千円は切れません。では千五百円でどう——」

「いえ！　じゃあ、千円でお願いします!!」

「ぐぬぬ……わかりました、妥協しましょう」

妥協って、なぜにそうなる。というか、千円でも十分高い気がするけれど、これ以上は深海さんの好意を無下《むげ》にするみたいなので、悩んだ末に「よろしくお願いします」と折れることにした。

「俺は反対だ」

ここで丸く収まると思っていた話題が、ブリザード男によって蒸し返された。

私は「今度はなんですか？」と拓海先輩に説明を求める。

「学校でここのことを面白おかしく話されたら、たまったもんじゃない」

もう、そんなことしないのに。なんでそうつっかかるかなぁと頭を悩ませていると、深海さんが私をかばうように前に立った。

「ですが、どのタイミングでペンダントの鑑定ができるのか予想はできませんよね」

「それは……」

深海さんの適切な指摘に、強気の拓海先輩が珍しくうろたえる。

「だとしたら、バイトという形で通っていただいたほうが、拓海くんも都合がよろしいのでは？」

「ぐっ……勝手にしろ」

あ、深海さんが勝った。年の功……は失礼か。これは深海さんの特殊能力、紳士マジックだな、と思う。

「では、改めまして」

若干一名は納得いかなそうに窓の外を見つめているけれど、私は構わずみんなの顔を見渡して、満面の笑みを浮かべる。

「これからよろしくお願いします！」

Menu 2

世界でひとつのアンティークドール

五月の半ばに突入した日曜日。天気は晴れ、最高のバイトデビュー日和だ。

──カランッ、カランッ。

今日からお世話になるバイト先、フカミ喫茶店の扉を勢いよく開け放つ。

「おはようございます！」

今日は拓海先輩もいるし、初バイトだしで気合いを入れた。服装も髪型も鏡で念入りにチェックをして笑顔も忘れてない、はずなのに……。

「おはようございます、来春さん」

笑顔で迎えてくれたのはカウンターキッチンにいる深海さんだけで、残り二名はというと……。

「ふあっ」

欠伸《あくび》をかます、私のことなんて無関心な小学生に。

「…………」

カウンター席で読書にふけるブリザード男。

あ、でも拓海先輩の私服カッコイイな、と見惚《みほ》れる。黒いパーカーに迷彩柄のスリムパンツ、全体的にシンプルなのにそれを着こなしてるからズルい。

「私だって気合い入れてきたのになぁ」

なんだか肩すかしをくらった気分だ。というか……現在、午前八時半。喫茶店は午前九時オープンのはずなのに、みんな来るのが早くないだろうか。

「私、もしかして来るのが遅いですか？」

不安になった私はカウンターに近寄ると、触り心地のよさそうな布でカップを磨いている深海さんに尋ねてみる。

「いえ、早いくらいですよ」

「でも……」

すでに出勤しているふたりに視線を向けた私を見て、納得した様子の深海さんが「あぁ」と頷く。

「空くんは私の親戚の子で、拓海くんはこの喫茶店の元オーナーのお子さんなのです」

「あ、そういうつながりだったんですね」

どうしてこの三人が喫茶店で働いているのか気になっていたので、スッキリした。

「ふたりはワケあってこの喫茶店の二階の部屋に住んでいるので、来春さんより早いのは当たり前なのですよ」

「えぇっ、住んでるんですか!?」

それはまたビッグニュースだ。拓海先輩の家でバイトしてるだなんて学校の人に知れたら……。

「命はない、かも」

考えるだけで背筋が凍った。

「来春さん？　顔色が悪いですが、大丈夫ですか？」

「はい、ちょっと未来に不安を覚えただけです……」

「はい？」

ぶつぶつ言う私に、深海さんは目を丸くして首をひねる。

「いえ、なんでもありません！」

私が笑みを引きつらせていると、クラウンが「ワンッ！」と吠《ほ》えて足元に擦り寄ってくる。つぶらな瞳で『遊んで』とばかりに尻尾を振り、見上げてきた。それになんとも言えない胸のトキメキを感じて、私はふにゃんふにゃんに顔がゆるむ。

「クラウン、おはよう〜っ！」

「ワンッ！」

こんなに尻尾を振って歓迎してくれるのは、クラウンと深海さんだけだ。残り二名は、喫茶店で働いているとは思えないほど愛想が悪い、それどころか皆無だ。

「クラウンって、本当にいい名前だよねぇ。王冠だっけ？」

「……クラウン銀貨だ」

クラウンの前でしゃがみ込み、ワシャワシャと頭を撫でていると、拓海先輩がそうつぶやいた。

「え……？」

まさか、拓海先輩から会話に入ってくれるとは。

もしかしたら、このまま普通に会話できるかも、と調子に乗った私は拓海先輩に話しかけてみることにした。

「クラウン銀貨ってなんですか？」

「一八四七年から一八五三年、八千枚しか発行されなかったイギリスのゴシッククラウン銀貨のことだ」

「じゃあ、お金なの、君の名前は！」

私がクラウンに向かってそう言うと、「おい」という拓海先輩の低い声が耳に届く。

「コインも価値あるアンティークと同じだ。金とか言うな」

拓海先輩に怒られてしまった。

コインもアンティーク……か。さすが鑑定士。当たり前なんだろうけど、アンティークのこと、詳しいんだ。

拓海先輩は同じ高校生なのに物知りで、素直にすごいなと感心する。

「詳しいんですね。拓海先輩、さすがです！」

「……母さんの受け売りだ。依頼の対価にコインをもらったのがきっかけでハマったらしい」

褒められるのに慣れていないのか、拓海先輩は私から気まずそうに視線を逸らして控えめに答えた。

「依頼ってまさか、お母さんも鑑定士なんですか？」

「さあな」

「さあなって……」

教える気はないということだろうか。煮え切らない態度に私はムッとする。

「お前には関係ない」

関係ないって、これから一緒に働く仲間なのに。

そっちがその気ならもういいですよー。なんて意地張ってみても、本当は仲間に入れてもらえないことが寂しくて胸が痛い。

「あっそうですかっ。着替えてきまーす」

かっこよくたって、性格に難ありだわ。

心の中で悪態をつきながら、私はバックヤードへと向かう。

「ふんっ」

ヤケクソにカフェコートに着替える。

……って、このままじゃダメだ。

気持ちを切り替えないと、と思った私はペンダントをギュッと握った。

「大丈夫。イライラしないんだぞ、来春」

こうしてペンダントに話しかけると、気持ちが落ち着く気がする。だからこれは、私のお守りみたいな存在だった。

「笑顔、笑顔っ」

せっかくの初バイトだ、できれば楽しく終わりたい。

言葉にしてニッと笑ってみると、今日も一日頑張れる気がした私は気持ちをリセットしてみんなのところへと戻った。


——カランッ、カランッ。

お店の扉が開いたのは、午後三時を回った頃だった。

「あ、いらっしゃいませ！」

元気よく声をかけて扉の方を見ると、控えめに開いた扉の隙間からビクビクと店内をのぞいている小学校中学年くらいの男の子の姿があった。その手にはパイロットの洋服を着た男の子の人形があり、すぐに依頼だとわかった。

「あ、あの……」

「男のアンティークドールか……珍しいな」

パタンと本を閉じた拓海先輩は、おもむろにカウンター席を立って男の子に近づく。

「鑑定か」

「ひっ」

ドーンと目の前に立ちはだかる拓海先輩に、男の子が小さく悲鳴を上げた。

わかるよ、拓海先輩って標準でも顔怖いもんね、と私は頷く。

ひと言目に『アンティークドールか』、ふた言目に『鑑定か』って、本当にアンティークのことしか考えてないのだ、この男は。

仕方ない、いたいけな男の子にトラウマを与えないためにも、ここは私の出番だとふたりに近づく。

「ごめんね、このお兄ちゃんの顔、怖いよね？　あっ、でもね、これがお兄ちゃんの標準だから！」

「……待て、どういう意味だ」

そばにやってきた私を、拓海先輩が『説明しろ』と言わんばかりに睨んでくる。

「拓海先輩、相手は子供ですよ!?　初対面で『アンティークドールか』、『鑑定か』って……アホですか！」

もちろん拓海先輩の言葉は、たいして低い声の出ない私の喉をフル活用して、モノマネでお届けして差し上げた。

「アホ……だと？」

あまり表情を動かさない拓海先輩が軽く目を見開いてそう言うものだから、珍しくて一瞬ど肝を抜かれる。

「ニコッて笑ってください！」

「……無理だ」

「だって、今にも男の子、逃げ出しそうじゃないですか！」

拓海先輩が確認するように男の子に視線を向けると、目が合った瞬間に「ひっ」と本日二回目の悲鳴を上げられた。

言わんこっちゃないと拓海先輩を軽く睨めば、静かにやんわりと視線を逸らされる。

私たちを見ていた空くんは、ため息をついて呆れたように「とりあえず、席に座ってもらえば？」と提案した。

「ゴホンッ。じゃあ、席に案内するね」

「う、うん……」

助け舟は失敗に終わり、結局、お客様を待たせてしまった私は、気を取り直して男の子を店内唯一のテーブル席にご案内する。

さっき深海さんが教えてくれた手順どおりに、メニューを男の子に手渡した。

「お客様、こちらメニューです」

「あ……僕、苦いのは……」

渋い顔をする男の子に、私はハッとする。

確かに、小学生にコーヒーって、苦くて飲めない子がほとんどのはず。なのに空くんは、現在進行形でブラックコーヒーを飲んでいる。空くんって、本当に小学生なんだろうか。こう……貫禄《かんろく》があるのだ、彼には。

「あー……深海さん、ジュースってありますか？」

私は静かに空くんから視線を外すと、カウンターキッチンにいる深海さんに声をかけた。

「オレンジジュースとアップルジュースがありますよ」

「どっちがいい？」

私は男の子に目線を合わせて尋ねる。

「じゃあ、オレンジジュース」

「すぐにお持ちしますね」

男の子の声が聞こえていたのか、深海さんが答えてすぐに準備にとりかかる。

ジュースが出来上がったタイミングで、私はテーブルに運んだ。

「はい、どうぞ！」

「ありがとう」

男の子は片手でアンティークドールを抱えながら、器用にジュースをゴクリと飲む。

「依頼のことだが……」

拓海先輩はタイミングを見計らって男の子の前に座ると、声をかけた。

「これ、見てきたんだ」

そう言って男の子がポケットから取り出したのは、ボロボロの一枚のチラシ。その文面に目を走らせて、私は衝撃を受ける。

「え、なにこれ……」


『フカミ喫茶店』では、アンティークに宿る〝記憶〟、〝想い〟を読み解きます。

声にならないメッセージ、知りたい方はぜひご来店ください。

なお、料金は依頼により変動しますので、来店時にご相談くださいませ。


「って、こんな大々的に売り込んでるの、ここ!?」

「利益なしで運営できるほど、世の中甘くないよ、来春」

空くん……『利益』とか、『運営』とか、『世の中甘くない』って……。

まさか小学三年生の口からそんな言葉が出てくるなんて、やっぱり年齢を偽っているんじゃないかと疑いそうになる。

「空くんの顔、ベリベリッと剥がしたら、実はおじいちゃんだったりして……」

「は？」

空くんに『なに言ってんのアンタ』みたいな顔で凝視された。

「話が進まない、お前らは黙ってろ」

「スミマセン」

私たちの声が煩《わずら》わしかったのか、冷ややかな視線と共に拓海先輩からお叱りを受けてしまった。

「そのアンティークドールで、なにを知りたい」

「お母さんがどこにいるのか、知りたい」

「……了解」

拓海先輩と男の子の会話は、たったそれだけだった。

もっと話とかしないのだろうか。というか、自己紹介さえしないことに驚く。

鑑定がどんなものなのかは知らない。だから私は目の前でアンティークドールを受け取っている拓海先輩を、ただ見守ることしかできなかった。

「来春さんは、拓海くんの鑑定を見るのは初めてですね」

深海さんは私の隣にやってくると、視線は拓海先輩に向けたまま、そう言った。

「は、はい……」

私の時はなぜか鑑定ができなかったから、どんなことをするのだろうと好奇心が湧く。アニメや漫画みたいに、鑑定の時は目の色が変わるとか、後光が差しちゃうとか、想像すればするほどワクワクした。

拓海先輩は、真剣な瞳でアンティークドールを見つめている。

依頼品に宿る記憶と想いを読み解くって、どんな感じなんだろう。凡人には到底、考えもつかないことなんだろうな。

ふと、拓海先輩を中心に空気が澄んでいくような奇妙な感覚を覚えた。ゴクリと唾を飲み込む。

いったい、なにが始まるのだろう。そんなことを思っている間にも、しばし沈黙が続く。

そしてそれは、拓海先輩の言葉によって唐突に終わりを告げた。

「鑑定を、始める――」

＊　＊　＊

――パラパラパラパラ。

何十、何千もの紙が暗い空へと吸い込まれていくのが見える。

いや、俺が暗い闇の底へと落ちているのだ。

この紙は、依頼品に宿る記憶と想いの数々。それを〝エピソード〟と俺は呼んでいる。

この世にアンティークとして存在した年月が長いほど、数えたらきりがない枚数になる。まるで物語のようだ、と俺は思う。

記憶と想いは共にあり、一冊の本のように一枚一枚綴《つづ》られていくのだ。

アンティークとは、永遠の物語を綴る本。壊れてもリペアされるし、所有者もなんらかの形で受け継がれる。

俺はその膨大なエピソードの中から、色づいたモノだけに目を凝らす。

依頼人に求めるのは、〝知りたい〟という事柄ひとつだけでいい。それが道しるべになる。

ようやく、淡くぼんやりと光るページを見つけた。

……あれだ。

すぐに悟った俺は手を伸ばし、今その記憶と想いに触れる。その瞬間にパァッと闇がかき消されるほどの光に包まれて、反射的にグッと目を閉じた。

そして、次に目を開いた時、見覚えのない家の玄関に立っていた。

『これ、ママの一番の傑作なの』

大きなキャリーバックをそばに置いて、悲しげに依頼人の子供を振り返る女がひとりいる。夕方なのか、窓から差し込む茜色《あかねいろ》の光がなお、寂しさを誘った。

あれがあの子供の母親か。

これから家を出ていく気満々といった感じの母親の、『傑作』という言葉に引っかかる。

もしかして、なにかの職人なのだろうか。

『ママ、どこかに行っちゃうの？』

母親がいなくなると察しているのか、子供は不安げに尋ねる。

『ママは……うぅっ、どこにも行かないわ。心はずっとあなたのそばに置いておく』

母親はその場にしゃがみ込むと、背の低い子供の肩に顔を埋めて泣いた。

心は……なんて、都合のいい嘘だ。結局、母親はこの家を出ていき、アンティークドールだけを残して二度と子供のことを思い出さない。自分の幸せを見つければ、すぐに忘れるのだろう。

『ずっと一緒？』

『……えぇ、ずっと一緒よ』

この無邪気な問いすらも、嘘に塗り固められていく。

一緒にいる気なんかさらさらないくせに、こいつを傷つけないためについた嘘なのだとしたら、残酷だ。

俺の母親もそうだった。『会えなくても、心はそばにある』とよくそう言っては、俺の気持ちから目を逸らしてきた。

生ぬるい嘘は絶対に相手を傷つける。いっそ突き放されたほうが、憎んでしまえたほうが楽なのだ。

——プルルルッ。

母親の携帯の着信音が、静かなこの空間に寂しく響き渡る。ディスプレイを確認すると、母親はすぐに電話に出た。

『はい、……孝之《たかゆき》さん。……えぇ、これから工房に戻るわ』

電話を切ると、母親はなにかを振り切るように立ち上がり、子供に背を向けた。

『ママ!!』

ビクッと母親の肩が震える。それでも決して振り返ることはなく、外の世界へとつながる取っ手に手をかけた。

『さよなら……』

言葉にすればたった四文字で、母親は我が子に永遠の別れを告げる。母親はカラカラとキャリーバッグを引くと、開いた扉の向こう、茜色の世界へと消えていった——。

＊　＊　＊

「……お前の母親は、アンティークドールの職人か？」

まばたきもせずにアンティークドールを見つめていた拓海先輩が突然声を発した。

私から見れば、ほんの数分。拓海先輩は目を開けたまま眠ってしまったみたいに、動かなくなったのだ。

今の間に、拓海先輩はなにを見ていたのだろう。

「僕、ママの仕事のこと知らない。いつも忙しくて家にいなかったから……。お父さんに聞いても、離婚したからママのことは忘れろって」

……離婚してたんだ。だからお母さんは、家を出ていったのかな。

その事実に胸がずっしりと重くなる。自分にできることはなんだろうと考える。

「なら、孝之という名前に覚えは？」

「ううん、わからない……」

戸惑いながらも答える男の子に、拓海先輩が淡々と謎の質問をしていく。

「そのアンティークドールは、母親の傑作らしいな」

お母さんの傑作のアンティークドール？　ということは、このアンティークドールはお母さんが作ったものなのだろうか。

「うん、ママがそう言ってた。でも、意味がわからなかった」

ふたりの間でだけ、話が成立している。私も役に立ちたいのに、なんだか取り残されてる気分だ。

「工房に行ったことはあるか？」

「工房？」

「……わかった、もういい」

首を傾げる男の子に、拓海先輩は眉間にシワを寄せて顎《あご》に手を当てるとまぶたを閉じる。難しそうな顔でなにかを考えてるみたいだった。

しばらくして、再び言葉を続ける。

「アンティークドールは百年以上前、ビスクドールと呼ばれていた」

「へぇ……」

そんな昔からアンティークドールは存在したんだと思うと、つい感動の声が漏れた。

「ビスクドールは十九世紀、ヨーロッパのブルジョア階級の貴婦人、令嬢たちの間で流行していたことから、女の形体をとることが多い」

「あれ、でもこのアンティークドールは男の子ですよね」

それに、よく見ると、この子に似てない？

私は目の前の男の子とアンティークドールを交互に眺めてハッとした。

や、やっぱり……！

驚いている私に拓海先輩が頷く。

「そうだ、これは世界でひとつしかない、お前をモデルにしたアンティークドールだ」

「えっ、僕の？」

徐々に見開かれる男の子の瞳が、アンティークドールへと注がれる。

「そうだな、どこかに……あぁ、これを見ろ」

拓海先輩はアンティークドールの左足を持ち上げた。その裏には【Salon de mon tresor】と書かれている。

え、なんて読むの、どういう意味？

日本語以外は専門外なので、頭に？マークがたくさん浮かぶ。

「『サロン・ド・モントレゾー』、宝物を売るお店という意味ですね」

混乱していると、見かねて深海さんが教えてくれた。

「素敵な名前……」

きっと、お母さんは宝物を作るような気持ちでアンティークドールを制作していたんだろうな。

「ネットで調べてみたよ、隣駅から少し歩いたところにあるみたい」

空くんが検索してくれたのか、携帯の画面を見せてくれる。

「そこに、お前の母親はいる」

拓海先輩は、少しも迷いを見せることなく言い切る。

「……あ、ありがとうっ!!」

男の子の顔が、パッと花咲くように明るくなった。

よかった。あとはお店に連れてってあげれば、この子はお母さんに会えるということだ。

これが拓海先輩の、誰かを幸せにできる力なのだと感動する。

「ママ、僕が会いに行ったら喜んでくれるかな」

「あ……」

不安げに俯く男の子に、胸がキュッと締めつけられる。

お母さん、急にいなくなったんだもんね。どんな理由で出ていったのか、どんな顔でお母さんに会えばいいのか、不安なはずだ。

「これで、依頼完了だ」

「……え？」

拓海先輩の血も涙もないようなひと言に耳を疑った。

「あの、お金……」

「あぁ、今回は――」

私の戸惑いも置いてきぼりに、どんどん話が進んでいく。

待って、ちょっと待ってよ。こんなのおかしい。

そう思った私は、座ったままの拓海先輩の前に立ちはだかった。

「完了って、まだなにも終わってないじゃないですか」

「なにが言いたい」

「うっ……」

拓海先輩の視線が私に向けられると、その鋭さにたじろぐ。

出しゃばってるってわかってる。だけどこれじゃあ、中途半端だ。

「今の段階では、居場所がわかっただけですよね？」

「それが依頼だった」

「だからって、あとは自分でなんて、かわいそうじゃないですか！」

「これは、ボランティアじゃない」

そんなのわかってる。でも、そういう理屈とかじゃなくて、拓海先輩はこの子を助けたいとか、そういう気持ちにはならないのだろうか。純粋に相手を想えないのかと、私は聞いているのだ。

「この子がお母さんにちゃんと会えるまで、見届けましょうよ！」

「断る、業務外だ」

そのひと言に、プッチーンと頭の中でなにかが切れた。

「こ、この……ブリザード男‼」

大きな声を上げた私に、拓海先輩はギョッとした顔をする。

「拓海先輩は誰かを幸せにする素敵な仕事をしてるのに、業務外って……利益のことしか考えてないんですか⁉」

そこからは、火山が噴火したみたいに止まらない。ただ怒りに任せて言葉をぶつける。

「この子の気持ちを考えたら、不安なはずです！」

ひとりで会いに行くのに、どれほどの勇気がいるか、想像すればわかるはずなのに。

「拓海先輩は、この子の気持ちがわからないんですね。だから、そんな冷たいことが言えるんです！」

「……お前に、なにがわかる」

しまった。そう気づいた時には遅かった。拓海先輩が苛立ったようにガタンと席を立ったので、私は謝らなきゃと拓海先輩に手を伸ばす。

「あのっ、拓海先ぱ――っ」

「部屋に戻る」

拒絶するひと言に、私は伸ばしたままの手を力なく下ろした。

……私、いくらなんでも言いすぎだ。

後悔先に立たずとはこのことで、拓海先輩は二階にある自分の部屋へと戻っていってしまった。

「私のバカぁぁっ」

耐えきれず、頭を抱えて叫ぶ。

「来春、バカ?」

キュッと眉を寄せて、呆れを含んだ瞳で空くんに見つめられる。

「私は、ほんとーに、バカだった!!」

「よしよし、とりあえず座れば?」

空くんに促されて、さっき拓海先輩が座っていた席に腰を下ろす。まだ残る拓海先輩の体温に泣きたくなった。

「ミルクティーです、どうぞ」

コトンと目の前にカップが置かれる。顔を上げれば、深海さんの笑顔と甘い紅茶の香りがあまりにも優しくて、目頭が熱くなった。

あ、ヤバい……泣く。

そう思った瞬間、ぶわっとあふれる涙。

「来春、子供みたい」

「ぐすっ、うう~っ」

空くんが服の袖でゴシゴシと涙をぬぐってくれる。これじゃあ、どっちが年上かわからない。

「わわっ」

依頼人である男の子は、突然泣きだした私に慌てる始末。私って本当になにをしているんだろうと、ますます落ち込んだ。

「えっと……名前、聞いていい？」

「僕、優輝《ゆうき》」

「お姉ちゃんは来春っていうんだ。急に怒鳴ってごめ……うぅっ」

今日は初バイトでバッチリ役に立つはずが、拓海先輩にひどいことを言ったあげく、みんなに心配をかけて、マイナスもいいとこだ。

「言い方は間違っていたかもしれませんが、来春さんの言葉は正しかったと私は思いますよ」

私の肩に手を乗せて、深海さんが気遣うように優しく笑いかけてくれる。

「深海さん……」

「少し、拓海くんの話をしましょうか」

拓海先輩の……話？

不思議に思いながら、深海さんがもうひとつ椅子を取り出して私の隣に座るのを待った。

「拓海くんのお母様も優輝くんのお母様と同じで、とっても忙しい方でした」

「お母さんも鑑定士だったんですよね？」

「はい、それと同時に、この喫茶店のオーナーであり、アンティークの出張鑑定もしておりました」

じゃあ拓海先輩は、この喫茶店の次期オーナーということになるのだろうか。というか、拓海先輩もこれから鑑定士としてやっていくのかな？

「そこでワケあって、引き取り手のなくなったアンティークが、ここには集まっています」

「ワケあって？」

「持っているだけで悲しみが蘇ったり。モノに宿るのは美しい思い出だけではありませんからね」

そうだったんだ……。このアンティークたちを拓海先輩のお母さんはどんな気持ちで引き取ってきたんだろう、と不意に気になった。

「お母様は、このお店を拓海くんに残すために奮闘していました。同じ力を持った拓海くんの居場所を作ってあげたかったんだそうです」

お母さんが拓海先輩のために作ったのが、このフカミ喫茶店なんだ。それだけでお母さんがどれだけ拓海先輩を愛していたのかがわかる。

「お店に鑑定の仕事が定期的に入るのも、お母様がお店の知名度を上げたからです」

「そうだったんですね……」

あのチラシだけでお客さんが集まるとは思えない。だからこうして、お客さんが来ることが不思議だったけれど、やっと合点がいった。

「ですが、その頑張りが旦那様や拓海くんには伝わらなかったのでしょう」

寂しげに告げられ、私は「え？」と不安を胸に聞き返す。

「拓海くんが小学校に上がるのと同時に、ご両親は離婚してしまったのです。拓海くんのことは、離婚してすぐにお母様が引き取ったのですが……」

言いにくそうに言葉を濁《にご》す深海さん。それだけで、この後の拓海先輩によくないことがあったのだとわかった。

「拓海くんは、家に帰ってこないお母様と距離を置くようになってしまったのです」

「なんだか、悲しいすれ違いですね……」

お母さんは離婚してなおさら、拓海先輩のためになにかしなければと思ったのだろう。

拓海先輩もまた、行き場のない寂しさをどう処理していいのかわからず、想い合っているからこそ、すれ違ってしまったのだと思った。

「はい。ですが、不幸はそれだけではありません。お母様はお店が軌道に乗ってきたところでホッとしたのでしょう。今までの過労がたたり、八年前に亡くなっています」

えっ……亡くなった……？

ドクンと、胸が嫌な音を立てて騒ぎだす。

「でも、離婚してお母さんまで亡くなったら、拓海先輩は……」

「お父様とは離婚して疎遠になっておりましたので、拓海くんには身寄りがない状態でした」

深海さんの言葉に私は拓海先輩が今、どうやって生活しているのか心配になった。

「だから、拓海先輩は深海さんと暮らしているんですか？」

「はい。拓海くんには他に身寄りがありません。お母様もご両親が亡くなってからは、力のせいでずっと孤独でしたから……」

なにそれ、じゃあ本当に天涯《てんがい》孤独ってこと？　力があるってだけで、お母さんも拓海先輩も疎まれてきたのだろうか。

「私は拓海くんの祖父で、お母様の父にあたる方と親友だったこともあり、拓海くんのことをかわいがっておりました。ですから、お母様が亡くなる時、私にとっても孫のような存在である拓海くんを引き取らせてほしいとお願いしたのです」

拓海先輩は世界でたったひとりの母親を失ってしまったんだ。なら、優輝くんの気持ちを痛いほど理解できたはず。だって、お母さんと会えない寂しい時間を知っているんだから。ううん、それ以上に永遠に会えない悲しみも。

「それなのに私、優輝くんの気持ちがわからないとか、冷たいとか言っちゃった……」

本当に考えなしだ。拓海先輩がどれほど傷ついてきたのかも知らずに、ひどいことを口走ってしまった。

「ですが、来春さんの言ったことは間違っていません」

「でも……」

「伝えることを臆《おく》さないでください。拓海くんには、来春さんのように思いをぶつけ合える人も必要なのです」

「僕、拓海があんなふうに怒ったところ初めて見た」

思いをぶつける……。そのたびに傷つけたとしても、伝えることは必要なのかな。

「うっ……」

空くんの言葉に、いっそう落ち込む。

だってそれって、私はめったに怒らない人を怒らせた、正真正銘のバカってことだ。

「いつも無表情だと病気になる。たまには怒ったりしたほうがいいんだよ」

「あ……」

空くんの言いたいことが、わかった気がした。

感情を押し殺している拓海先輩が怒ったり泣いたり、笑ったり喜んだり、もっと気持ちを出せるような存在になる。それが、今の私にできることなのかもしれない。

……あれ、なんだろう。こんなやりとりを前にもどこかでしたような気がする。

『もし、あなたにしかできないことがあるとしたら、どうする？』

『私にしかできないこと？』

忘れていたあの人との会話が、このタイミングで蘇る。

『そう、世界でたったひとり、あなたにしかできないこと』

確かにあの人はそう言った。

「私にしかできないことがあるって……」

「来春さん、大丈夫ですか？」

「えっ……？」

深海さんの声に我に返る。目の焦点が合うと、深海さんが私の顔を心配そうにのぞき込んでいた。

「ボーッとしてたよ」

空くんも私の顔を見て眉尻を下げると、気遣うように背中をさすってくれる。

「ごめん、考え事してて……」

いけない、空くんにも心配かけて。シャキッとしなきゃ。

私は無意識に、ペリドットのペンダントをギュッと握りしめる。すると自然と心が落ち着いてきて、気持ちが前を向く気がした。

なにができるのかわからないけれど、クヨクヨしてるなんて私らしくない。『だからどうか、力を貸して』と私はペリドットのペンダントに願った。

「私、拓海先輩のところへ行ってきます！」

意気込む私に、深海さんと空くんが笑ってくれる。

「拓海くんの部屋は、階段を上がって左手にあります。行ってらっしゃい」

「頑張ってくれば？」

ふたりの存在が頼もしく感じた。

私の気持ちが届くか届かないかじゃない。きっと、伝わるまであきらめないことが大切なのだ。

私は強い気持ちで階段を上がる。教えてもらった拓海先輩の部屋の前にやってくると、扉をノックした。

「た、拓海先輩！」

だけど、その向こうから返事は返ってこない。それにひるみながらも、もう一度拳を握りノックの準備をする。あきらめの悪さだけは、誰にも負けない自信があった。

「め、めげませんからね！」

──ドンドンドンドンッ!!

早く出てこい。そんな気持ちを込めて強く扉を叩《たた》いた。

「こ、こらー、引きこもるなー!!」

さっきより強くノック?をして、私はなにかのデモ隊のように叫ぶ。

私にできることがあるのなら、私にしかできないことがあるのなら、君を笑顔にするためになんでもする。例え、〝騒音女子高生〟と言われても！

「前野拓海ーっ!!」

「お前、なにしてるんだよ……」

フルネームで拓海先輩の名前を叫ぶと、目の前の扉ではなく左側から声が聞こえた。

「へ、どういうこと?」

予想だにしていなかった方向からの返事に、状況が理解できず固まる。

振り向けば、扉を少し開けてこちらを伺う拓海先輩と目が合った。もちろん〝不審者を見るような目〟で。

もうこれ、何度目だろう。私って拓海先輩の目に相当な変人に映っているんだろうなぁと少し落ち込んだ。

「そこ、空の部屋」

あ……もしかして私、部屋間違えた？　私が立っているのは階段を上がって右の部屋の前だ。あれ、深海さんは左の部屋が拓海先輩の部屋だって言ってたんだっけ。数分前の出来事が曖昧とか、忘れっぽいとかいうレベルじゃないくらい、私の記憶力は乏しいようだ。

せっかく部屋の場所教えてくれたのに。

気合いが入ると空回りするところは、私の短所だ。

「ゴホンッ」

咳払《せきばら》いをして、さりげなく拓海先輩の前に立つ。

気を取り直してもう一度、「拓海先輩、さっきはごめんなさい!!」と勢いよく頭を下げた。それはもう、このまま土下座に移行できる深さと俊敏さで。体の柔らかさには自信があります……って、そうじゃないだろ！と自分にツッコミを入れながら。

「あの子の気持ちがわからないとか、拓海先輩のことをなにも知らないで『冷たい』とか言って……本当にごめんなさい！」

頭は下げたまま、必死に謝る。さっきから拓海先輩はなにも言わないし、床しか見えないからか不安ばかりが募っていく。

「少し、深海さんからお母さんのことを聞いてしまいました……」

「っ……」

拓海先輩が息を詰まらせたのをなんとなく感じる。

拓海先輩の許可なく聞いてしまったのは申し訳ないけれど、私は知れてよかったと思っている。でなければ、私は拓海先輩のことをずっとひどい人だと勘違いしたままだったかもしれないからだ。

「拓海先輩は誰よりあの子の気持ちをわかってたはずなのに……。でも、だからこそわからなかったんです」

改めて人と向き合うって怖いなと思う。私の言葉が、意見が、相手を傷つけないか。こういう、踏み込んでいいのか際どい話題は特に。

でも、私みたいな存在が拓海先輩に必要なら……私は傷ついたっていい。それくらいの覚悟で、拓海先輩に向き合おうと決めた。

「どうして、あの子……優輝くんを助けてあげないんですか？　一度距離を置いた人に会いに行くことがどれほど勇気がいるのか、拓海先輩にはわかりますよね？」

仕事ばかりのお母さんと距離をとった拓海先輩なら、きっと一番理解できるはず。

「…………」

拓海先輩からの返事はない。それでも私は話し続ける。

「居場所がわかるだけじゃダメなんです。本当に優輝くんに必要なのは、一歩踏み出せない背中を押してあげることじゃないですか？」

私は精一杯伝えた。あとは、拓海先輩を信じるしかないと思う。

「……おい」

拓海先輩がついに口を開いた。

「は、はいっ」

怒られるのを覚悟でビクビクしながら、私は返事をする。

「いつまでそうしてるつもりだ」

そうしてるって……？

なぜそんなことを言われたのか検討がつかず、頭を下げたままの状態で悩む。拓海先輩の言葉はいつも唐突で、単語のみで構成されているために理解するのがなかなか難しい。

「顔上げろ」

あ、そういえばずっとお辞儀したままだった。それが気になってたのかなと解釈した私は恐る恐る顔を上げて拓海先輩の顔を見上げた。

相変わらずの無表情。でも、拓海先輩が話してくれたこと、それだけで嬉《うれ》しくて気持ちが軽くなる。

「……話しにくい」

目が合うと、拓海先輩は気まずそうに視線を逸らした。

「お前は、俺に誰かを幸せにする素敵な仕事をしてるのに……って言ったな？」

拓海先輩は話題を変えるように切り出す。

「はい……」

拓海先輩の質問の真意はわからないけれど、私は確かに拓海先輩の力は人と人とをつなげる素晴らしい力だと思っているから頷いた。

「だが俺は、今まで自分の仕事をそんなふうに思ったことは一度もなかった」

「え……」

じゃあどうして、鑑定士をやってるのだろう。

そんな疑問が浮かぶ。でも今は自分の気持ちを話そうとしてくれている拓海先輩の話を遮りたくなくて、黙って最後まで聞くことにした。

「物心ついた時から、俺にはこのワケのわからない力があった。当然、みんな持ってると思ってたし、友人に話したこともあった」

深い闇をのぞき込んでいるかのように、拓海先輩の表情は暗く、無機質になる。

きっと、その瞳を陰らせてしまうほどに人の心の汚い部分を見てきたのだろうと、なんとなく悟った。

「でも、返ってきた言葉はこうだ。俺は頭がおかしい、変なことを言っている。誰かの気を引きたいだけだってな」

「そんな、ひどい……」

「だが、俺が普通じゃないのは事実で、これが世間の反応だ」

確かに私がもっと幼かったら、拓海先輩の力をこの目で見ていなかったら……。拓海先輩を傷つけた人たちと同じで、ろくに真実を確かめもせず、信じようとはしなかったかもしれない。

拓海先輩が人を寄せつけない理由がわかった気がした。

自分は普通じゃないから関わらないようにしようと、拓海先輩はみんなとの間に線引きをしてしまったのだ。

「だからこそ、そばにいてほしかった」

拓海先輩は誰とは言わなかったが、少し考えればわかる。拓海先輩のすべてを受け入れてくれる存在が誰だったのか……それが答えなのだ。

「……お母さんに、ですよね」

確認するように尋ねると、拓海先輩は頷く。

「同じ力のあるあの人なら、俺のことを理解してくれると思っていたからな。でも、一番そばにいてほしい時、俺はひとりだった」

そんな切なそうな顔をして……。そっか、拓海先輩は寂しかったのだ。そしてなにより、自分を受け入れてくれる理解者を求めていた。

「だから俺は、この仕事が嫌いだ。でも、これしか取り柄もないしな、仕方なくやってきたんだよ」

拓海先輩は抑揚のない声で話す。

感情がこもってないような言い方だが、心の内ではきっと傷ついているのだろう。

自分を蔑《さげす》むその言葉にさえ。

「でも私は……」

拓海先輩は、相変わらず感情を映さない瞳で私を見下ろした。その悲しい瞳をまっすぐに見つめ返す。少しでも私が彼の瞳に、心の中に入れますようにと。

「やっぱり、拓海先輩のやってることは、誰かを幸せにする素敵な仕事だと思います」

「懲《こ》りないな、お前も」

「だって……」

拓海先輩の話を聞いても、この考えは変わらない。むしろ知ってほしい。その力がどれだけ素晴らしいのかを。

そこで、あることを思いついた私は、拓海先輩に提案することにした。

「あの、見に行きませんか？」

「なにをだ」

拓海先輩は怪訝そうに私を見る。

「拓海先輩の鑑定が優輝くんにどんな奇跡を起こすのかを、ですよ！」

「………」

しばしの沈黙。すると、拓海先輩は頭を掻《か》いて部屋の中に戻っていく。そして、目の前の扉がバタンと無情にも閉まった。

「……え？」

状況に頭がついていけず、マヌケな声が出た。

まさか、また引きこもった？　嘘、私はまた地雷を踏んでしまったのだろうか。

ハラハラしていると、ガチャッとまたすぐに扉が開く。部屋から出てきた拓海先輩の手には、薄手のコートがあった。

「あっ……」

これってもしかして、一緒に行ってくれるってこと!?

落とされた気分がまた上がり、私はニコニコしながら拓海先輩の顔を見上げる。

「どこかのおせっかいが、うるさいからな」

拓海先輩はそう言って、観念したように上着を羽織った。

誰かを幸せにする、素敵な仕事。そう言った私の言葉を拓海先輩が信じようとしてくれたことに、胸がジンとした。たったそれだけのことが嬉しくてたまらない。

本日二回目だけど、もうダメだ……泣く。

「ううっ」

「お、おい、お前……」

耐えきれなかった想いがあふれて、ポロポロと目からこぼれ落ちる。そんな私を、拓海先輩が若干焦ったように視線を揺るがせて見下ろしてきた。

泣きながら、あ、これも見たことのない拓海先輩の顔だな、なんて考える。

「それもまた、嬉しいよぉっ」

「情緒不安定か、お前は」

拓海先輩は自分の服の袖で、私の目元をゴシゴシとぶっきらぼうにぬぐってくれる。視線は凍りつくブリザード、言葉は突き刺さるナイフのようだけど、本当は優しい人なのだと知った。

「ありがとうございます、拓海先輩っ」

ズビッと鼻水をすすって、涙でぐちゃぐちゃな顔で私は笑った。

「……変なヤツ」

どこか困ったように言う拓海先輩。

そんなちょっとした彼の表情の変化が、私の心も明るくしてくれた。

「へへっ、変なヤツでもいいですよー」

「ヘラヘラすんな、さっさと行くぞ」

「はぁーい！」

先に歩きだした拓海先輩の背中を見つめる。孤独の中、どんどん前へと進んでいってしまうこの人の背中に、追いつきたいと思った。

こうして私たちは、一階にいるみんなのところへと戻る。

「お帰りなさい、ふたりとも」

「来春は、また泣いたの？」

いつもどおりの私たちを見ると、深海さんも空くんもどこかホッとした顔をする。たくさん心配をかけてしまったなと反省した。

「優輝、だったか」

「う、うん……」

拓海先輩に急に名前を呼ばれた優輝くんは、ビクッと震えながら顔を上げた。

「母親に会いに行くぞ、準備しろ」

「えっ……ついてきてくれるの!?」

「そう言ってる」

そうは、言ってなかったけどね。

拓海先輩のコミュ障ぶりは相変わらず炸裂《さくれつ》しているけれど、私の意見を尊重してくれるのは大きな進展だ。

「行くぞ、サロン・ド・モントレゾーに」

扉の方へ歩いていく拓海先輩。

私と優輝くんは顔を見合わせると、慌ててその背中を追いかけた。

「行ってらっしゃいませ」

「行ってらっしゃい」

深海さんと空くんに見送られながら、私たちは喫茶店を出た。


電車で十分、隣駅にやってきた。

駅の東口からまっすぐに伸びたオシャレなショッピング通りを、高校生ふたりにアンティークドールを抱えた小学生ひとりで進む。

かなり異様なメンツで道を歩く私たちは時々通行人に振り返られながら、駅から歩いてすぐにあるというサロン・ド・モントレゾーを探していた。

「今って、本当に便利な世の中ですよねぇ」

「……なんだ、藪《やぶ》から棒に」

目的地を差しているスマホのナビアプリから、視線を拓海先輩へと移す。

「だって、お店の名前を入力するだけで、迷わずたどり着けちゃうんですよ？」

「お前、ばあさんか」

「え、今の発言がババくさいってことですか？」

ショック……私、まだピチピチの十六歳なのに。そういう拓海先輩だって、高校生にしてはおじいちゃん並みに落ち着きすぎてると思う。

「まだお姉ちゃん若いよね、優輝くん！」

私と拓海先輩の間を歩く優輝くんに同意を求める。

「え、僕？」

お願い、若いって言って！

そんな必死さで話しかけたもんだから、優輝くんは困っている。

「ガキに絡むな」

「なら拓海先輩が慰めてくださいよー」

「断る」

軽口を叩きながら歩いていると『目的地に到着しました』と携帯のナビが告げる。

道路を挟んで向かい、ホワイトの木製の扉以外はガラス張りで、店内がよく見えるお店があった。金の装飾がされたモスグリーンのチェアに座るアンティークドールに、宝箱の中におちゃめに入っているアンティークドールなど、さまざまなアンティークドールが並んでいる。

長い歴史を感じさせる重厚な雰囲気のフカミ喫茶店とは少し違った、明るい雰囲気なのにどこか不思議さをまとったお店だった。

「すごい！　あれがすべて人の手で作られてるなんて！」

「ここが、ママの工房……」

感動する私の隣で、不安げな声を出す優輝くん。

私は安心させるように、その小さな手を握った。

「そばにいるよ」

「お姉ちゃん……」

どんな結果が待っていたとしても、私は『頑張ったね』って優輝くんを抱きしめてあげようと思った。

「伝えられるうちに、伝えとけ」

まつげを伏せて、どこか遠くを見つめながら拓海先輩が言う。

私がどんなにその真意を知りたいと願っても、拓海先輩の無表情からはなにも読み取れない。

「拓海先輩……」

それは、どんな気持ちで言った言葉ですか？　拓海先輩にも、お母さんに伝えたい言葉があったのかな。

そう思うと胸の内にやるせなさが広がる。

「うん！　僕、離婚しててもママが好きだよって伝えるんだ！」

勇気が出たのか、優輝くんが一歩を踏み出し、それに私たちも続いた。

――カランッ、カランッ。

フカミ喫茶店より、少し甲高いベルの音。その軽快な音に促されて店内へと入る。

「いらっしゃいませー」

すぐに、店内奥からひとりの女性が駆け寄ってきた。

三十代くらいだろうか、長い黒髪を後ろでひとつに束ね、白いワイシャツにジーンズ姿で現れたその人は、くっきりとした二重の大きい瞳が優輝くんに瓜《うり》ふたつだった。

「お待たせし――」

「ママ……？」

「え……優輝、なの？」

お互いがその存在に気づくと、言葉を失ったように無言で見つめ合っていた。

あぁ、神様、どうか感動の再会になりますように。

祈るような気持ちでふたりを眺める。

「ママに会いたくて、ここまで来たんだ！」

「……私は、会いたくなかった」

お母さんは目を背けて、優輝くんを視界に入れないようにしているようだった。

……会いたくなかっただなんて、どうして？

思い描いていた結果とは違って、私も動揺する。

「もう忘れるつもりだったのに、どうしてここに来たのよ!!」

「美由紀《みゆき》、どうかしたのか？」

「孝之さん……」

騒ぎを聞きつけたのか、奥から黒いシャツにジーンズ姿の見知らぬ男性が現れる。

優輝くんのお母さんと同い年くらいで、黒髪のさっぱりとしたショートヘアがどこか清潔感を感じさせた。

「優輝くんの知り合い？」

小声で私が尋ねると、優輝くんは覚えがないと言わんばかりにフルフルと首を横に振った。

じゃあ、この人は誰なのだろうか。

「優輝？　まさか、君の息子さんか！」

でも、向こうは優輝くんのことを知っているみたいだ。

「孝之さん……ぇぇ、でももう私の子じゃない」

ズキンと胸が痛んだ。優輝くんはきっと、この何倍も痛いはず。そう思うとやり切れない思いに駆られる。

「ママ、どうして……」

「私は孝之さんと新しい家族になったの。もう……戻れないのよ」

こんなはずじゃなかったのに。離婚してたって優輝くんのお母さんはひとりだけなのにどうして、ただ『会いたかった』って抱きしめてあげられないのだろう。

唇を引き結びグッと目に力を入れて、泣きだしそうなのを耐えている優輝くん。

そんな優輝くんを見て、拓海先輩は「結局、自分の幸せか」と忌々《いまいま》しそうにつぶやいた。

「わかったら、帰って」

「優輝、帰るぞ」

冷淡にあしらうお母さんを軽蔑するようにちらりと見た拓海先輩は優輝くんの手を強く掴み、歩きだす。

このまま帰って、本当にいいの？　今離れたら、もう一生向き合えないかもしれない。二度と会えないかもしれない。

その時、遠ざかる優輝くんの背中を見たお母さんが唇を噛《か》んだのが見えた。

なにかを必死に耐えるように、両手を握りしめている。

「あ……もしかして」

お母さんは、優輝くんを引き留めたいのかもしれない。どうかそうであってほしい。

それなら、私にできることはたったひとつだ。

「優輝くん!!」

「……お姉ちゃん?」

呼び止めた私を、優輝くんは困惑したように振り返る。

「おい、帰るぞ」

拓海先輩が私を急かしたけれど、一歩たりともここから動く気はなかった。

「伝えたいこと、まだなにも伝えてない」

「言っても無駄だって、わかったろ」

拓海先輩は顔をしかめながら、もともと低い声のトーンをさらに落として言った。

本当に無駄なことなのかな。だって今、なにも言えずに逃げたら優輝くんもお母さんもきっと後悔する。

「拓海先輩が言ったんですよ。伝えられるうちに伝えろって!」

私の言葉に、拓海先輩はハッとしたように目を見開く。

それに、私にはどうしても証明したいことがあるのだ。拓海先輩の力が誰かを幸せにするその瞬間を、彼自身に見せてあげたい。

「お姉ちゃん、僕……」

「頑張れ、優輝くん!」

迷う瞳を安心させるように笑顔で受け止める。ありきたりの言葉だけど、そう伝えたかった。

優輝くんは私をしばらく見つめるとコクンと頷き、もう一度お母さんの前へと歩いていって立ち止まる。

「ママ、僕ね。ずっとママに会いたくて、ここまで来たんだ」

「優輝……」

「ママは会いたくなかったかもしれないけど、僕は会いたかった。だって、僕のママはママしかいないもんっ」

泣きそうな顔で必死に伝えるお母さんへの想い。

どうか優輝くんの気持ちがお母さんに伝わってくれますようにと、私の体にも自然に力が入る。

「私は……っ」

でも、お母さんは次の言葉を紡げない。

そんな……優輝くんがここまで言ってもダメなの？　なんとかしなきゃ。でも、私になにが言えるだろう。私の両親は離婚なんて考えられないほど仲よしで、まだ大切な誰かを失った経験もなくて……。だから、どうしていいのかわからない。

自分の無力さを思い知らされ、悔しくて泣きそうになった。

「……はぁ」

突然、拓海先輩がため息をついた。ツカツカと靴を鳴らしてこちらへ戻ってくると、チラリと私を見る。

「俺のキャラじゃないんだが」

「え？」

反射的に聞き返したが、返答はなかった。拓海先輩の視線はすでに私の元を離れ、目の前のお母さんへと向けられている。

「会いたくないのなら、なぜそのドールを残した」

「え？」

拓海先輩の強い眼差しに、お母さんはひるみながらも震える声で聞き返す。

「そのドールがアンティークドールにしては珍しい男であること、パイロット服を着せているところを見ると、さしずめ優輝がなりたい夢だと考えるのが妥当《だとう》だ」

「っ、それは……」

拓海先輩の言葉に、お母さんの瞳が揺れる。

「傑作を息子に贈る理由なんて、たったひとつだ」

お母さんが優輝くんを本当は大切に思っていることを、拓海先輩が証明しようとしてくれている。それが、嬉しくてたまらない。

拓海先輩が導き出すたったひとつの答えは、きっとこの親子を幸せにしてくれる。

そんな確信があった。

「……だって、私に会う資格なんてないのよっ」

耐えきれなかったのだろう、声を震わせながらお母さんはそう漏らす。この時初めて、お母さんの本音に触れられたような気がした。

「私は、あなたたちよりこの仕事を選んだっ」

堰《せき》を切ったように、お母さんの想いがあふれた。

例え仕事を選んだとしても、優輝くんを引き取ることはできたはず。いったいこの家族になにがあったのだろう。

「優輝には、知る権利があるはずだ」

拓海先輩は、お母さんが自分を遠ざけた理由を知らないことがどれほどの苦しみを連れてくるのか、その相手ともう二度と言葉を交わせないことがどれほど悲しいのかを知っている。だからこそ言えるのだ。

「でも……」

「お母さん、優輝くんに話してあげてください」

私も拓海先輩の隣に並び、語ることを迷っているお母さんに懇願する。

「お前……」

拓海先輩がじっと見つめてくるのがわかる。表情を確認したわけじゃないけれど、肌で感じた。

「お母さんのことを探すために、私たちの喫茶店をひとりで訪ねてきたんですよ」

「優輝が……」

「真実を知るのは怖かったはずなのに、泣いたりせずに、お母さんに会いたいって一心でここまで来ました。優輝くんはもう立派な大人です」

優輝くんはきっと、どんな答えでも知りたいはずだ。大好きなお母さんの気持ちなら、どんなに悲しい事実でも。

「あなた……。そうね、そうかもしれない」

お母さんは納得したように頷くと、切なげな視線を優輝くんに向けた。

「ママ……」

優輝くんもまた、恐れと不安が入り混じったような瞳でお母さんを見つめ返す。

「……優輝、ママにはね、優輝がパイロットになりたいっていう夢と同じように、捨てられない夢があったの」

それは、アンティークドールを作ることなのだとすぐにわかった。ここにいるアンティークドールたちはきっと、お母さんの夢そのものなのだ。

「夢を捨てて、家を守ってほしいというパパのお願いを叶《かな》えてあげることができなくて、最後までわかり合えないまま、別れることになってしまった……」

旦那さんとの価値観の違いを抱え、お母さんは家庭と夢との間でたくさん悩み苦しんだのだろう。

「家より夢を取った私に、優輝を連れていく資格なんてないと思ったの。だからせめて、私の想いを置いていくつもりでこのアンティークドールを……」

お母さんは優輝くんの腕の中にあるアインティークドールに視線を落とすと、苦しげに言った。

人は長い時の中で、選択を迫られる。絆か夢か、どちらを取っても傷つく道を進んでいかなければならない時もあるのだ。なにが正しいかなんて、他人がとやかく言えることじゃない。だってそれは、その人自身が選び取る決意だから。

このアンティークドールに込められた想いの深さを知り、なぜだか頬に涙が伝った。

「そして、孝之さんは私の夢を大切にしてくれてる……大切な人よ。私はこうして優輝を置き去りに、別の幸せを掴もうとしてるの。本当にごめんなさい……」

振り返らないつもりでも、過去はいつでも付きまとう。自分の決めたことへの後悔が、ふとした瞬間に胸を絞めつけるのだ。

「ママ……僕は謝ってほしいわけじゃないよ」

優輝くんが、お母さんの手をためらいがちに握った。

「ゆ、優輝?」

「ママにも、守りたいものがあったんだね」

「っ……あなた、どうして……」

優輝くんのたくましい言葉に、お母さんは目を見張る。

「僕がもっと大きかったら、一緒にパパに言ったのにな。ママの夢を応援してあげてよって！」

優輝くんが笑顔で言ったそのひと言に、どれだけお母さんは救われただろう。静かにお母さんの目から涙がこぼれる。

もう、優輝くんの思い描く未来はきっと訪れない。だからこそ、こんなにも切ない。

「どこにいても、ママのことが僕は大好きだよ。ママの作った人形も大好き！」

「うぅっ……ごめんなさい、優輝。私はどこかで、子供はなにも知らないほうが幸せだって思い込んでいたのね」

お母さんが優輝くんを抱きしめる。

「あなたは、こんなにも大きくなっていたのに……」

ここへ来て、初めてお母さんが笑った。

「ママも優輝が大好きよ。例え同じ場所にいられなくても、この先もずっと」

もう一度、離れた心が通い合う。途切れた絆の道がつながる。これが拓海先輩の本当の力なのだ。

「優輝くん、工房を見ていくといい。美由紀、案内してあげたらどうだ？」

孝之さんが親子を笑顔で促す。

「僕、ママが人形を作ってるところ見たい！」

「ふふっ、それなら作りかけのドールが中にいるから、見ていく？」

「うん!!」

楽しそうに話す優輝くんたちが、こっちを振り返った。

「ありがとう、お兄ちゃん、お姉ちゃん!!」

「っ……いや、俺は別に……」

驚いたような拓海先輩の顔に、ついくすっと笑ってしまう。口下手そうだし、感謝され慣れてないんだろうなと思った。

優輝くんの隣では、お母さんが頭を下げている。

そんなふたりに見送られて、私たちは店を後にした。

空にはすでに星がきらめいていた。それをぼんやりと見上げていると、「行くぞ」と数歩先で拓海先輩が私を振り返る。

「はい……」

それだけ答えて隣に並び、歩きだしてもしばらく無言が続いた。でも、初めて拓海先輩と喫茶店にふたりきりにされた時の気まずさはない。

今、私の胸を占めるのはさっきの出来事だった。切なくもあり嬉しくもある言い表せない想いに言葉を見つけられずにいた。

すると、拓海先輩が急に立ち止まる。

「拓海先輩?」

「……寄っていかないか」

拓海先輩は目の前にある公園を指さして、そう言った。

「へ?」

拓海先輩の誘いに驚愕《きょうがく》する。スケールにすると目の前に隕石《いんせき》が落ちてきたくらいの衝撃だ。

もしかして今、〝あの〟無口で人のことには無関心な拓海先輩が、私を公園に誘ってる!? ……あぁ、そうか。私、夢を見ているのかもしれない。

結果、その答えにたどり着いた。

「だったら、どこからどこまでが夢?」

「なに、意味わからないことを言ってるんだ……」

「拓海先輩のせいですよ!」

呆れた顔をする拓海先輩に、私はむくれる。そして、なんとなく断る理由もないので、流れで公園へと入った。

公園の中央にある時計台。時刻は午後七時半をさしていた。頼りない街灯に公園全体が暗いせいか、子供や恋人たちの姿もない。

世界に私と拓海先輩のふたりだけしかいないような気になる。なんて、そんなバカげたことを考える。

「今日、優輝くんたちの笑顔が見られてよかったですね」

夜空を見上げたまま、口にした。なんとなく、拓海先輩とふたりきりなのが恥ずかしくなったからだ。

ベンチに腰かけた私たちは人ひとり分、空いた距離に座っている。それでも、隣にいるってだけでなんだか胸が騒ぐから困る。

「俺は、お前の言う奇跡を見た気がした」

拓海先輩はまっすぐに前を見据えながらそう言った。

その意志の強そうな瞳に心なしか光が宿った気がして、私は目を見張る。

「え？」

言葉の意味を考えて、数時間前の会話を思い出す。

『拓海先輩の鑑定が、優輝くんにどんな奇跡を起こすのかを、ですよ！』

そうだ、私が言ったんだ。拓海先輩のやっていることは誰かを幸せにする素敵な仕事なんだ、そう伝えたくて出た言葉だった。

「この仕事をしてきて、感謝されたのは初めてだった」

「拓海先輩……」

「あの笑顔を見た瞬間、正直、心動かされた。お前の言う、一歩を踏み出せない背中を押してやるっていう意味がわかった気がする」

拓海先輩が私を見つめる。その瞳の深さに、思わず吸い込まれそうになった。ドキドキして息苦しい。なにこれ、恋する乙女じゃあるまいし。イケメンに見つめられれば誰しもこうなるわけで……と、心の中は言い訳のオンパレードだ。

「お前は……」

言いかける拓海先輩に、私はゴクリと唾を飲み込む。

「変なヤツだ」

「………」

一瞬、時が止まる。いや、思考回路が停止する。

「……はい？」

次になにを言われるのかとハラハラしていた自分がバカだった。さっきまでの胸の高鳴りも、急速に沈下していく。

真剣な顔して急になにを言い出すのかと思ったら、変なヤツとは？

「なんだ、その不満そうな顔は」

「『なんだ』じゃないですよ！　不満に決まってるじゃないですか！」

「褒め言葉のつもりだったんだが……」

「え、どこ……どこが!?」

今のひと言に、私を褒めるワードがあっただろうか。いや、どんなに考えても変人扱いされたとしか受け取れない。

「っ、二度も言わんでいい」

出たよ拓海先輩の病気、コミュ障。

ばつが悪そうな顔をする拓海先輩に、私は呆れ果てる。

「なにがまずかったんだ」

顎に手を当てて悩んでいる拓海先輩に思わずため息が出た。

でも、ちょっと困っている顔がかわいく思えて、真剣に悩んでいる姿がいじらしい。

……って、え？

そこまで考えて、私ってばなに言ってんの、と我に返る。

「とにかく、拓海先輩が前向きになれたみたいでよかったですよ」

動揺をごまかすように慌てて立ち上がり、ベンチに座る拓海先輩の前に立つ。

「俺が根暗だって言いたいのか？」

「出た、すぐ悪いほうに捉えるんですから。それ、被害妄想って言うんですよ！」

「年下のくせに生意気だ」

ここで年齢のことを持ち出すあたりが、子供っぽい。拓海先輩って、こういう一面もあるんだな。いや、そこら辺の十八歳なんて、みんなまだ子供だ。拓海先輩が特別老けているだけで、これが普通なのだ。

「って、そういう話がしたいんじゃなくて！」

「なんだよ」

拓海先輩が面倒そうに私を見上げる。いつもなら見下ろされるのに、不思議な感覚だった。

「あのですね、拓海先輩の力は誰かの幸せにつながってるんです」

「誰かの幸せ……」

拓海先輩はなにか考え込むように静かに瞳を閉じる。しばらくして答えを見つけたのか、もう一度目を開けた。

「そうか。お前が言うと妙に説得力があるな」

「え……」

そう言った拓海先輩の顔を見て、私は自分の目を疑った。ほんの少しだけど、拓海先輩が笑っていたのだ。

「そろそろ帰るぞ」

拓海先輩がベンチから立ち上がり、今度は私が見下ろされる。その時にはもう、いつものポーカーフェイスに戻ってしまっていた。

この瞳には、私には見えない世界がきっと映っているんだろう。そして、想像もできないような悩みもたくさん抱えてるのだ。そんな多くのしがらみが、拓海先輩の笑顔を奪っているのだとしたら……。

「おい、ボーッとしてんな」

「あいたっ」

コツンと頭を小突かれる。

「行くぞ」

「はぁーい」

変な使命感が湧いた。この無表情でブリザードな男を、笑顔にしてあげたい……と。

Menu 3

真実を映し出すベネチアンミラー

「え、来春、バイト始めたの?」

昼休み、親友のリィが驚きの声を上げる。

私たちは教室で席を向かい合わせて、お弁当を食べていた。

「うん、先月からね」

六月中旬、うっとうしい梅雨の真っただ中。バイトを始めて一カ月が経ったからか、なんとなく雰囲気やバイト自体にも慣れてきた。

「へー、どこで?」

「えっ……と、喫茶店」

「いいじゃん! 来春、お店の新作メニューとか必ずチェックしてるし、オシャレでかわいいところとか、カフェで働いてそうだもん」

「カフェ……ははっ」

お茶を飲むところじゃないけどね、と乾いた笑みを浮かべる。

でも、深海さんのおいしいコーヒーが依頼のオプションだというのはもったいないとは思う。

「てか、なんでもっと早く教えてくんないわけ?」

ギクッとして、妙に背筋が伸びる。

途端に、いつもなら気にならない教室のざわめきが気になった。クラスメイト全員が私たちの話に聞き耳を立てているような感じがして、生きた心地がしない。

なんでって、理由は明白だ。でも、ずっと話さないで隠し通すのは毎日放課後にどこに行ってるの？って話になるし、無理がある。それに、リィは信頼できる私の大事な親友だ。

「リィ、耳貸して」

意を決して耳打ちする。

「実は、拓海先輩の家なんだよね、その喫茶店」

「はぁあ!?」

リィの叫びに、教室中の生徒の視線がこっちに集まった。まるで、針の筵《むしろ》に座ったかのよう。背中にダラダラと嫌な汗が伝い、私はリィの両肩をむんずと掴んだ。

「ちょっと、リィ!!」

命がけで打ち明けたのに！　バレたら私の平和な高校生ライフはガラガラと崩壊する。これは、絶対機密事項なのだ。

「ご、ごめん……でも、つい」

「つい、で、親友殺す気!?」

「ごめんって！　でも、なんでそんなことになってんの？」

話すと長くなるけれど、私はクラウンに体当たりされたあたりから今に至るまでを説明した。

「――てわけで、喫茶店でバイトをすることになったの」

「へぇ、まさか拓海先輩にそんな力があったなんてね」

「信じてくれるの？」

漫画みたいな話だって、笑うかバカにされるかのどちらかだと思っていた。けれど、リィは普通に受け入れているようだった。

「え、だって来春は信じてるんでしょ？」

「うん」

「中学からの親友がそう言うんだから、信じるに決まってんじゃん」

さも『当然でしょう』みたいな顔で言うもんだから、私は体の奥底から湧き上がってくる感動に『どんだけできた親友なんだ！』と心で叫ぶ。

「リィ〜っ!!」

喜びのあまりヒシッと親友に抱きつくと、リィは苦笑いでよしよしと背中を撫でてくれた。

「大げさだな、来春は……。あ、でもそれなら、ちょっと助けてほしいかも」

「なになに？」

「依頼、私もしていいかな？」

「え、リィが⁉」

リィから体を離すと、彼女は憂いを帯びた笑みを浮かべている。

「もう、神にもすがりたい気持ちでさ」

神にもって……。なにがあったのだろうか。

前向きで気が強いリィからは想像できないくらいの困った顔。ただ事じゃない様子に私は姿勢を正し、席に座り直した。

「うちってほら、インテリアショップでしょ？」

「あぁ、そうだったね」

そう、リィの家はフランスやイギリスからアンティーク家具を買い付けて売るインテリアショップだ。しかもお父さんは社長で、リィはいわゆるお嬢様。

家に遊びに行ったこともあり、私みたいな庶民が足を踏み入れるには、かなり敷居が高い豪邸に住んでいたのを思い出す。

「この前、お父さんがベネチアで壁掛けの大きな鏡を仕入れてきたんだけど……。その鏡がおととい の日曜日に割られてて」

「えっ！　それ、けっこう高いんじゃ……」

「まあね、ウン百万……いや、それ以上かな」

「ひぇぇ～っ」

高校生なんて到底手の届かない金額に、つい悲鳴が出た。自分がそれを割ってたらと思うと背筋が凍る。

「でも、割られてたってどういうこと？　泥棒にでも入られたの？」

「うちの商品は、防犯のために家の中にある倉庫に入れてるんだ。それも、普通の部屋みたいにフェイクもかけてるし……」

何度も言うが、リィの家は庭にもう三軒ほど家が建ってしまうほどの豪邸だ。部屋数だって数え切れないほどあるし、遊びに行った時に迷子になりかけたこともあった。

「倉庫には鍵もかかってる。なにより、壊れた鏡は二十キロもあるんだよ？」

「それ、男の人でも担いですばやく逃走するのは無理だよね」

豪邸の中、倉庫を探すのは難しい。ましてや鍵も開けて、重い鏡を抱えてとなると、長い時間家の中にいることになるので、かなりリスキーだ。

「ねぇ、そんな危険を犯してまでうちに泥棒に入る？」

「そんな不審者がいたら、すぐに見つかっちゃうよね」

リィの質問に、苦笑いで答える。

「そうなの！　だから困ってて……。あとね、鏡が壊れてから、誰もいないはずの倉庫で女の人のうめき声が聞こえたりするんだよね」

「え、マジ？」

「マジ、私も聞いたし……」

なにそのオカルト系の依頼。私、この類《たぐい》はかなり苦手なのに。

「なんにせよ、鏡が割れた原因がわからないと、お父さんの大事なお得意様が買い手なのに、信用を失っちゃう」

そっか……そうなれば、お父さんの大切な顧客が減ってしまう。こんな悩みを抱えていたなんて、気づいてあげられなかった自分が情けないな。

私は俯いてるリィの手を机の上でギュッと握った。

「じゃあ、私から頼んでみるよ！」

「ありがとう、来春」

親友のため、あのブリザード男にお願いしに行こうじゃないか。

そう意気込んで、私はパックのイチゴミルクジュースを飲みほした。


放課後、校舎を出ると目の前に拓海先輩の背中を見つけた。リィの依頼のことを拓海先輩に相談しなきゃと思った私は、彼の後ろ姿を追いかける。

「拓海せ――」

「ねぇ拓海っ、今帰り？」

声をかけようとした私のすぐ横を、颯爽《さっそう》と駆け抜けていく茶髪ロングの美人。

一瞬、『香りもオシャレに』というキャッチフレーズで有名なリンスのCMモデルの姿が頭に浮かぶ。

こんなふうにキューティクル満点の髪をなびかせて、彼氏に駆け寄るシーンがあったな。しかも、横を通り過ぎる時、髪からなのかふわりと甘い匂いがした。

「佐野《さの》か」

……え。あの誰にも興味ない拓海先輩が、名前を呼んだ。私だってまだ、『おい』とか『お前』としか呼ばれたことないのに。

衝撃を受けた私は、つい呆然と立ち止まってしまう。

「ふふっ、一緒に帰ろうよ」

タメ語ということは、拓海先輩と同じ三年生だろうか。

パッチリ二重にプルップルの唇。私には欠片《かけら》もない色気に圧倒されて、ふたりに近づけない。

だって、遠目に見てもふたりはお似合いのカップルだ。そう思ったら、胸にズキンとなにかが刺さるような痛みが走った。

あれ、私……どうして傷ついてるの？

自分の感情に戸惑っていると、「ねぇ拓海、あの子知り合い？」と佐野先輩が私に気づいて気味悪そうに言った。

さすがにこんなところで突っ立ってたら、変に思われるよね。

「わ、私……」

「また、拓海のファンの子？　その容姿じゃ釣り合わないのに、懲りないわね。拓海は私の彼氏になる予定なの」

黙っているのも気まずくなって声を発した私を、バカにしたように見る佐野先輩。

胸も痛いし、情けないしで早くここから立ち去りたい。拓海先輩とはバイト先でも会えるんだから。

そう思って、ふたりの横を通り過ぎようとした時……。

「こいつは、そんなんじゃない」

グイッと腕を強い力で掴まれる。

「え？」

驚いて顔を上げれば、拓海先輩は相変わらず無愛想な顔で私を見下ろしていた。

なんで私のことを引き留めたりなんかしたんだろう。

問うように見つめても、感情の読めない瞳からはなにも読み取れない。

「拓海、誰その子。私、知らないんだけど」

佐野先輩は明らかに私を睨んでいる。

そりゃ面白くないよね。この人、拓海先輩のこと絶対狙ってるんだろうし。

「こいつが誰かなんて、佐野には関係ないだろ」

拓海先輩の腕の中、借りてきた猫みたいになる。

「だって、今まで特別な女の子なんていなかったでしょ？　しかも、拓海に釣り合わないじゃん、そんな子！」

恐れていた修羅場に、巻き込まれてしまった。

うぅ、帰りたいっ。

向けられる敵意に、体が金縛りにあったみたいに動かなくなる。

「面倒くさい」

うわーっ、出たよブリザード。面倒くさいって、本当に容赦ないんだから。ほら見てよ、佐野先輩が固まってるじゃない。

「俺は、そばにいたい人間は自分で決める」

「へ？」

今、拓海先輩なんて言った？　私の耳がおかしくなければ、『そばにいたい』って聞こえたような気がする。……いや、あのブリザード男が、まさかね。

「行くぞ」

「ちょっ、拓海先輩⁉」

腕を引っ張られて、引きずられるようにして歩きだす。

「絶対認めないから！」と背中越しに佐野先輩の叫ぶ声が聞こえた。

こういうのは昼ドラだけで十分だとうんざりしつつも校門を出ると、喫茶店までの近道である住宅街の中を拓海先輩と歩く。

まだ空が明るいせいか、近所の子供が四、五人ほど集まって駆けずり回っていた。それをぼんやりと見つめていると、「お前、さっき素通りしようとしたろ」と拓海先輩が文句を言ってきた。

ちょっと不機嫌そうな声に、怒りたいのは私のほうなのにと腹が立つ。

「当たり前じゃないですか!!」

本当に私がリンチにあったらどうしてくれるのよ。

「……なんでだよ」

「修羅場になるからですよ！」

なに言ってんの、当たり前でしょーが、この鈍感。あぁ、思い出すと震える。明日からの高校生活どうすんの。私、絶対に拓海先輩のファンに殺《や》られる。

「なおさら、助けろよ」

「私が!?」

「お前以外にいないだろ」

なんじゃそりゃと、相変わらずの横暴ぶりに呆れる。その一方で、心の端ではほんの少しだけ、誰も寄せつけない拓海先輩が私だけはそばに置いてくれることが嬉しいと思ってしまっていた。

それから、あれやこれや軽口を叩きながら、拓海先輩とバイト先に向かっている途中で、大事なことを思い出した。

「そうだ、拓海先輩！」

「……急に大きな声を出すな」

こめかみを指で押さえながらげんなりとしている拓海先輩の前に回り込んだ私は、両手を合わせて頭を下げた。

「なにしてるんだ、お前」

拓海先輩は腕を組むと、『俺の道を阻みやがって』みたいな抗議の視線を私に向けつつ立ち止まる。

「お願いがあります！」

「断る」

「え、なんでですか!?」

理由も話していないのに、即刻断られた。

「嫌な予感しかしない」

「ひどい！　さっき助けてあげたじゃないですか！」

卑怯《ひきょう》だとは思うが、こっちは先ほど修羅場に巻き込まれてやったのだ。今度は私を助けてくれてもいいじゃないか。

そんな私に反論できないのか、拓海先輩は「ぐっ」と小さくうめいて、あきらめたように「話せ」と言った。

「助けてください、拓海先輩～!!」

一生のお願いを使う勢いで頼み込むと、拓海先輩は不審そうな顔をして、「くだらないことだったら容赦しないぞ」と冷たく言い放つ。

そんな拓海先輩に私はビクビクしながら、リィの話をしたのだった。


「お前の友達、何者だよ」

めったに表情を動かさない拓海先輩が珍しく驚いた顔をして、目の前にそびえ立つ立派な門を見上げる。

「あはは……ちょっとしたお嬢様ですかね」

広大な敷地にあるのは、季節の花々が彩る庭園やプールで、西洋の豪邸にでもやってきたような気分だ。

「ちょっとどころじゃなさそうだけど。さっき庭に噴水あったよ？」

空くんが目の前に広がる光景に圧倒されながら言う。

割れた鏡のリペア依頼も入ったため、空くんにも一緒に来てもらったのだ。

「うん、前に来た時はなかったから、新しく作ったのかも」

リィに相談を受けた日から四日後の土曜日、お店を深海さんに任せた私たちは、学校の休日を使ってリィの家へとやってきていた。鏡が大きくて喫茶店に持ってこれないために、今回は出張鑑定ということになったのだ。

それにしてもリィの家、久しぶりに来たけどすごいなぁ、と改めて感激する。

「あ、もうユウガオが咲いてる」

私は庭にある小さな白い花を見て足を止めた。夕方に咲いて翌朝しぼむのでまだ花は咲いていないが、虫食いひとつなく丁寧に手入れされているのが見てわかった。

「ユウガオ？」

「うん、夏に咲くんだよ、この花」

「へぇ、来春って、花とか詳しいんだ」

空くんに感心したように言われて、慌てて首を横に振る。

「花っていうか、昔から花言葉に興味あって。だからユウガオのことも知ってたの」

「女って……なんでそういうくだらないことに時間を使えるんだ」

拓海先輩がバカにしたような表情を浮かべる。

「くだらないって、私の趣味をけなさないでくださいよ！」

引きこもりのくせに。

なんて、恐ろしくて絶対に言えないので、私は喉まで出かかった本音をグッと飲み込んだ。

「来春!!」

広すぎる庭を抜け、ようやく玄関へたどり着くと、リィが手を上げながら笑顔で駆け寄ってくる。

「リィ！」

「来てくれてありがとう。それから、みなさんも」

リィが拓海先輩と空くんに頭を下げた。

「私は吉高里衣子です」

「僕は平井　空です」

「……前野拓海だ。さっそく依頼品を見せてくれ」

簡単な自己紹介を済ませると、私たちは邸《やしき》の中、二階の倉庫へと向かった。

「柊《ひいらぎ》、鍵を」

「かしこまりました」

柊さんは吉高家の執事で、シワひとつない燕尾服《えんびふく》に身を包んだ白髪の六十歳くらいの老紳士だ。キリッとした顔立ちなのに笑うと朗らかで、前に遊びに来た時もなにかと優しく世話を焼いてくれたのを覚えている。

「鍵は柊さんが管理してるんですか？」

拓海先輩が珍しく敬語で尋ねる。

普段、依頼人にもタメ口で話す拓海先輩が敬語を使うのは、彼が深海さんに頭が上がらないのと同じ原理なのだろう。おじいちゃんには優しいのだ、彼は。

「はい、この邸の全部屋の鍵は私が管理しております。ですが、この倉庫に関しては掃除係の文《ふみ》さんだけがスペアキーを持っていますね」

「柊が邸を取り仕切ってるから、聞きたいことがあれば柊になんでも聞いてね」

半歩後ろに控えている柊さんをチラリと見たリィが、慣れた様子で言う。

リィの視線に気づいた柊さんは、スッと無駄のない動きで扉を開けた。

「こちらが倉庫です」

真っ暗だった倉庫の中は、柊さんがカチッと電気をつけたことによって全貌を現す。

「わぁ……っ」

倉庫っていうより例えるなら博物館みたいな内装に圧倒される。ガラスケースに厳重に保管されたインテリアが、ひとつひとつライトアップされていて美術品のよう。

そのスケールのでかさに、おもわず声が出た。

「来春、大きな声出さないでよ」

「ご、ごめんね、空くんっ」

　空くんの呆れた顔に、恥ずかしくなる。

　これじゃあ、空くんに子供だと思われてもしょうがない。

「空くんって、しっかり者だよね」

「来春が子供っぽいんだよ」

「あはは……」

　やっぱり、そう思われてたか。でも、空くんはここぞって時に涙をぬぐってくれたり、頼りになるのだ。

「空さんってお呼びしたほうがいい気がしてきたよ」

「なに言ってんの。来春、バカなの？」

　空くんと軽くコントをかましつつ、私たちは例の鏡の前へとやってきた。

「これなんだけど……」

「わっ、話には聞いてたけど、かなりひどいね」

　薔薇《ばら》を模した精巧なガラス細工が縁に施された、私の腰の辺りまである大きな丸い壁掛けの鏡。その肝心なミラー部分がバラバラに割れている。

「鏡の下から中心に向かって亀裂《きれつ》が入ってる。これは、落とした衝撃でできたんじゃないかな。鏡は全交換しないとリペアはきついね」

空くんがそう言うってことは、かなり状態が悪いということだ。

全員で困ったように、バラバラになった鏡を見つめた。

「これは……ベネチアンミラーか」

「ベネチアンミラー？」

聞き返すと、『そんなことも知らんのか』と言わんばかりに拓海先輩に呆れた顔をされる。

普通の女子高生は拓海先輩ほどアンティークに詳しくないんだからね、まったく。ここにリィがいなかったら、絶対口に出してただろうな、この人。

「十六世紀、ヨーロッパ各国で貴族や富豪を中心に大流行したガラス製品だ。職人の洗練された技術と使用された海水や薪の炎、すべての工程が精密だからこそ、ベネチアンミラーは美しい」

「へえ〜」

なんだかよくわからないけど、とにかくすごい品物らしい。

「といっても……」

「へ？」

言いかけた拓海先輩の虫けらを見るような目が、こちらに向けられる。

「お前はちんぷんかんぷん、なんだろうがな」

バレてるけども、今の言い方はひどくない!?

なんてことを言うんだと、怒りを通り越してあ然としてしまう。

「ぷっ、仲がいいんですね」

そんな私たちのやりとりを見ていたリィが吹き出す。

「どこが!?」と私と拓海先輩の仰天する声が見事にハモった。

「お嬢様?」

その時、また新しい人が現れた。振り向くと倉庫の入り口に、癖のある茶色の髪に優しげなタレ目が印象的な高校生くらいの男の子が立っている。

作業着に軍手、エプロンを付けているけれど、なにをしている人なのだろう。

「凪《なぎ》? どうしたの、こんなところに」

「レオンを探してまして……また、ここに来てないかと」

「また邸の中で遊んでるのね」

リィが困惑顔で嘆息《たんそく》を漏らす。

「リィ、レオンってまさか?」

「うちで飼ってるゴールデンレトリバー。来春はうちに来た時に会ってるよ」

覚えがある。あれは中学三年の時、髪ゴムについていたキラキラの花飾りを噛みちぎられた事件。しかもそのまま逃走し、未だに花飾りは見つかっていない。

「あの癖、相変わらず直ってないんだ」

「そうなの。あの子、邸に忍び込んではキラキラしたモノを見つけると小屋に持ち帰る癖があって、困っちゃう」

頬に手を当てて、リィはため息をついた。

「かわいいじゃん、なんか」

「たまにならいいけど、商品にも平気で飛びかかるんだから。この倉庫も清掃係が入ってる時は扉が開いてるから、侵入したりして大変なの」

『ご愁傷さまです』としか言いようがないので、私は「あはは……」と苦笑いを返す。

「あの、この人たちは？」

先ほど『凪』と呼ばれた男の子がおずおずと声を上げる。

「あ、この子が親友の来春で、拓海先輩と空くんは鏡の割れた原因を調べるために来てくれたの」

「鏡の……探偵かなにかですか？」

「ま、そんな感じ」

そんな感じって……説明するの面倒だったんだな、リィ。

「えと、俺は如月《きさらぎ》凪といいます。ここで、庭師をやってまして……」

「あ、じゃあもしかして、庭のユウガオも凪くんが？」

「あ……はい、俺が植えました」

凪くんは人見知りなのか、フイッと私から視線を逸らして、気まずそうに答えた。

「やっぱり！　すごく丁寧に手入れされてて、感激してたんです！」

でも、どうしてあんなに豪華な庭に、昼間は花開かないユウガオを植えたんだろう。なにか特別な意味でもあるのだろうか。ユウガオ……ユウガオの花言葉って、なんだったっけ。

「凪は私と同い年なの。時々レオンの世話もしてくれてて、庭師として腕も一流よ！」

ユウガオの花言葉を思い出そうとしているところに、リィの自慢げな声が聞こえる。

「高校生なのに、庭師？」

「まだ見習いなんです。父が吉高家の庭師でしたので、私も必然的にここで働かせていただいてます」

自分よりはるか年下の空くんの質問にも、凪くんは礼儀正しく答えた。

「見習いだなんて、凪は優秀なのに！」

「ふふっ、お嬢様、ありがとうございます」

あ、凪くんって、リィの前ではこんなに自然に笑うんだ。私が話しかけた時は顔が強ばってたのに。それだけで、ふたりが心許し合っている仲だとわかる。

「お世辞じゃないんだからね！」

私はユウガオのことをさっぱり忘れて、やけにテンションの高いリィに意識を持っていかれた。

これは女の勘ってやつだけど、リィは凪くんのことが好きなのではないだろうか。

「お嬢様、俺はまだまだですよ」

「謙遜しないの！」

「ありがとうございます」

答える凪くんも嬉しそうだ。

なんだ、相思相愛かぁ。いいな、私もいつか拓海先輩と……。

そう思ってすぐに、なにを考えてるんだと我に返る。

「……なんだ？」

チラリと拓海先輩を見れば、体の芯から凍りそうなブリザード光線が返ってきた。

うん、好きになるなら目線で人を殺せない人がいい。切実にそう思う。

「それにしても、お嬢様が探偵を雇っていたとは知りませんでした」

「まぁ……鏡の買い手がお父さんのお得意様だからね」

「それだけ……ですか？」

凪くんの目はリィになにかを問いつめるようにまっすぐだった。

その声が不安げなのは気のせいだろうか、ふたりの空気が少しだけ暗くなった気がする。

「いえ、すみません、忘れてください」

「凪……」

すぐに笑みを浮かべる凪くんに、今度はリィのほうがなにか言いたげで、違和感を覚えた。

「探偵さん、もしかしたら犯人なんていないかもしれませんよ」

おかしくなった空気を変えるように、凪くんが元気な声を発した。

なんか、驚いたな。さっきユウガオのことを聞いた時は返事が素っ気なくて人見知りに見えたのに、今は年相応な明るい男の子に見える。

いったい、どっちが本当の凪くんなんだろう。それに、凪くんが言った『犯人なんていないかも』って、どういう意味なんだろうか。

私はますます凪くんという人がわからなくなって、首を傾げる。

「どういうことだ」

クイッと片眉を持ち上げて、私の疑問を代弁するかのように拓海先輩が尋ねた。

みんなの視線が凪くんへ集まる。

「ここは、鏡が割れたり、変な声が聞こえたり、気味悪いことばかりが起きます。ひょっとしたら人の仕業ではないのかな……なんて」

あ……そういえば、今の今まで忘れてたけど、この部屋、怪奇現象が起きてるってリィが言っていた場所じゃないか。

「ううっ」

最悪だ。思い出すと途端に恐怖が増すから嫌だ。いっそ忘れたままのほうがよかったのに、と軽く凪くんを恨む。

「まぁ、中世ヨーロッパでも鏡の向こうは別世界、魔が潜むとも言われているからな」

そして、追い打ちをかける拓海先輩のひと言に、私の恐怖心はピークに到達した。

「なにそれ、マジなやつじゃないですか！」

これは、幽霊退治できそうな拓海先輩の隣にいたほうが安全だ。そう判断した私は拓海先輩にぴったりくっついて、服の袖を掴む。

「……おい」

離せ、と目で訴えかけられる。

拓海先輩は怖いが、それよりも怖いモノが私にはあるのだ。私はしがみついた手に力を込めて、必死に幽霊から身を守ろうとする。

「こういう時って、ひとりになったら終わりだと思うんですよ。ほら拓海先輩、こういうの専門分野じゃないですか！」

拓海先輩の不思議パワーつながりで、除霊でも悪魔祓いでもしてなんとかしてほしい。常人の私には、幽霊は倒せそうにないから。

「お前の言ってることが半分も理解できない」

怖がる乙女に容赦ない冷たい声。

「とにかく、私をひとりにしないでください！」

ブリザード光線を浴びようが、今はどうでもいい。とにかくひとりになりたくない。

すがる思いで拓海先輩を仰ぐと、彼は呆気《あっけ》にとられたような目で私を見下ろしていた。

そして、ふと我に返ったように心底面倒くさそうな顔をする。

絶対に手を振り払われる！　そう覚悟したけれど……。

「はぁ……勝手にしろ」

しぶしぶながらそばにいることを許してくれた拓海先輩に驚愕した。逆に拍子抜けして、私は呆《ほう》けてしまう。

なんだ、優しいところもあるじゃん。

本当に困っている時は助けてくれる拓海先輩に、胸がほんのりと温かくなる。

「はい！　勝手にしてます！」

絶賛、現在進行形で。

私は込み上げる喜びに突き動かされて、遠慮なく拓海先輩にしがみついた。

＊＊＊

「それじゃあ、始めるぞ」

割れたベネチアンミラーを前に、俺は片膝をついて座る。

「おい、始めるぞ」

隣で腕をがっちりホールドしてくる来春を見た。

「え、どうぞ？」

どうぞ、じゃない。やりにくいんだよ、この体勢。

当の本人はキョトンとしていて、離れる気はないらしい。いつも持ち前の明るさでなんでも乗り切るのに、こういうのは苦手なのかと少し意外に思った。

「仕方ない……」

そう自分に言い訳したが、本当は頼ってくれていることに胸がざわついた。

「拓海先輩、頑張ってくださいね！」

「お前な……」

呆れたような声を出しつつも、頼られて嬉しくない男はいない。そんなことは絶対に本人には言えないので、墓場まで持っていこう、そう決めた。

「……ゴホン。再度確認するが、依頼は鏡が割れた原因で間違いないか？」

「はい、よろしくお願いします」

来春の親友、里衣子が肯定するように頷いた。

腕に感じる別の体温のせいで集中するのはなかなか難しそうだが、これが俺の仕事だと割り切った。

「鑑定を、始める」

俺は気を取り直して、依頼品に意識を集中させた。

パラパラと何十、何千もの紙が暗い空へと吸い込まれていく見慣れた闇の中。俺は依頼品に宿る数あるエピソードの中から、目的のページだけを探す。

そして、光るページに迷わず手を伸ばせば、光に包まれる感覚に目を閉じた。

次に目を開くと、そこは今いる倉庫の中だったのだが、すぐに異変に気づく。

――ザザッ。

視界が悪い。さっきからテレビの砂嵐のように映像が乱れているのだ。

依頼品の破損が大きいからか……？

『これし――、ない……』

男の声か……でも、肝心な人が見えない。ノイズもうるさく、ここまで鑑定しにくいのは初めてだった。それを無理に見ようとしているせいなのか、頭痛までしてくる。

『おじ――を、救うため』

——バリンッ。

男はどうやら鏡を持ち上げて地面へと落としたみたいだ。その瞬間に鏡の破片が飛び散る。

『いっ……切れたか』

映像は見えないが、声でケガをしたことがわかった。

『ワフッ』

『なっ、危ないぞ、レ——、おい!!』

どうやら、来春と里衣子の話に出てきた犬のレオンが入ってきたらしい。心配しているあたり、ただの泥棒とは考えにくい。

こいつは、誰だ?

『こ——は、——罪だ』

ノイズが増して耳鳴りがする。そしてついに、ブチンと映像が途絶えてしまった。

＊　＊　＊

「……破損が激しすぎる」

鑑定を終えたのか、目を開けた拓海先輩は難しい顔をしていた。私はしがみついていた手を離して、彼の顔をのぞき込む。

「拓海先輩、大丈夫ですか?」

私の気のせいならいいが、顔色が悪い気がした。

「……問題ない。それよりこの鏡、なにか足りない部分がないか?」

私の心配をよそに拓海先輩はリィに問いかけた。

「足りない部分……ですか?」

リィは心当たりがないのか、聞き返す。

「鏡の破片、装飾の一部、なんでもいい。それがないと映像が乱れて肝心なエピソードに触れられない」

「こんなに割れてると、足りない破片があるのかすらわからないなぁ……」

困ってるリィに、確かにと思う。鏡の破損がひどいところでは、粉々になっている部分もある。これじゃあ、破片がいくつ足りないのかなんて、わかりっこない。

「それなら、僕がつなぎ合わせてみる。なんとなく形になったら、足りない部分もおのずとわかるだろうし」

「え、このバラバラの鏡を!?」

空くんは自信満々に腕まくりをするが、目の前にある鏡は今日中に終わるのか怪しいほどのダメージを負っているのだ。

「足りない部品があるなら探して再鑑定。ただ破損が激しいだけなら、鑑定はそれ以上できないから、アプローチの方法を変えなきゃでしょ。それなら、やるしかない」

「た、確かに……」

さすが天才小学生。頭もよければ技術もあるし、なにより私より精神年齢が倍上だ。本当に頭が上がらない。

「空先輩、肩もみましょうか！」

「来春って、やっぱバカだよね」

拓海先輩に負けないくらい、空くんは毒舌だ。

「だって、空くんのこと尊敬してるんだもん」

「……あ、そう」

素っ気ない言い方なのに、その顔は明らかに嬉しそうで、やっぱり空くんはかわいいなと思う。

「空の作業を待ってる間、俺らは調査するぞ」

「は、はい！」

おぉ、ようやく探偵っぽくなってきた、と少しだけワクワクした。でも、喫茶店のアルバイトのはずが、私はどうしてこんな探偵みたいなことをしているのか、時々不思議になる。それでもやり続ける私って、つくづく適応能力が高いな。

「倉庫に監視カメラは？」

「入り口にだけ設置してます」

拓海先輩の質問には、リィが答えた。

「誰かが倉庫に入った形跡は？」

「鏡が割れていたことに気がついたのは、次の日の月曜日。文さんが掃除に倉庫へ入った時だったんです。それで慌てて防犯カメラを確認したんですが……」

リィは困ったような顔で続ける。

「私たちが防犯カメラの映像で確認した時、部屋に入ったのは掃除係の文さんだけだったんです。でも文さんは今年で六十三歳になるんです、あんなデカイ鏡、持ち上げられませんよ」

ないないと両手を顔の前で振るリィ。

六十三歳かぁ……。これをご老体が持ち上げるのは、かなり無理がある。

「だから、文さんが最後に掃除に入った日、鏡は壊れてなかったか、怪しい人がいなかったかを聞いたんですけど、文さんは知らないって」

リィの話を静かに聞いていた拓海先輩は、「一応、カメラを確認したい」と言った。

「わかりました、カメラは警備室にあるので案内しますね」

リィが私たちを連れていってくれるみたいだ。

それにしても、警備室まであるんだ……。そこまでセキュリティがしっかりしているお宅なんて、そうそうないだろう。

改めて、私はすごい人と親友だったんだなと気づいた。

「私は空さんをお手伝いするとしましょう。必要な道具もありましょうから」

恭《うやうや》しくお辞儀をする柊さんに空くんもつられたように頭を下げていて、不謹慎にもかわいいと思ってしまった。

「柊、お願いね」

「かしこまりました、お嬢様」

ドラマに出てきそうな執事とお嬢様のやりとりに「おぉっ」と感激の声を上げる。

私も人生で一回でいいから、執事に命令してみたいなぁ。

なんて、そんなことを言ったら空くんにまたバカにされるか、拓海先輩からゴミを見るような視線が飛んでくるかのどっちかなので、胸の内に秘めておくことにした。

「お嬢様、俺も一緒に行きます。レオンも探さなきゃならないし」

「わかったわ、凪。じゃあ、ついてきてください」

リィが背中を向けて歩きだしたので、私たちは置いていかれないようにその後をついていった。

倉庫を出て、画廊のような長い廊下を歩きながら、壁にかけられたユニークな絵を時々眺める。

この絵、一枚いくらなんだろう。

そんなことを考えながら階段を下り、一階にやってきた。

「あれ、お嬢様」

そこで、六十代くらいの白髪のおばあさんと鉢合わせた。その手にほうきが握られているところを見ると、話に聞く清掃係の文さんなのだろう。

「文さん、ごくろうさま」

「お友達ですか？　にぎやかでいいですね」

目の前の文さんは、孫に向けるような温かい眼差しでリィを見ていた。

優しそうなおばあさんだな。なんだか、田舎のおばあちゃんを思い出す。

「ふふっ、はい。文さんこそ、膝は大丈夫ですか？」

「えぇ、やっぱり痛みますね。でも、お嬢様が日曜日に休みをくださったおかげで、随分楽になりましたよ」

「よかった……文さんはこれまで休みなく働いてくれてたもの。でも、いくら短時間とはいえ体に負担がかかるから」

これじゃあ、確かに鏡を割るのは難しいかも。というか、こんな優しそうな人がそんなことをするはずないって信じたい。本当に誰がこんなことをしたのだろう。

情報が集まるほど、ますます真実は遠のいていくように思えた。

「それよりお嬢様、この前、鏡を予約されたお得意様のご長男様とお見合いをしたとか。お話は進んだんですか？」

文さんの言葉に、私は目が点になる。

えっと、誰と誰がお見合いしたって……？

驚いてリィを見ると、口パクで『ごめん』と肩をすくめられる。そしてすぐに、文さんに向き直った。

「……まあ、勝手に進んでるって感じかな」

「すみませんねぇ、お嬢様のこととなると心配で。そうでしたか、旦那様もお嬢様の幸せを願っての縁談だったのでしょう」

本当にリィはお見合いしたんだ。しかも、よりにもよって割れちゃった鏡を買う予定のお得意様の長男と……。

それがかなりヤバい状況だということは、私にもわかった。想像以上にスケールのデカイ事件だったのだと気づいて焦る。

「……うん、わかってる」

でも、悲しげに微笑むリィの顔に、なにかが引っかかった。

リィ、この縁談が嫌なのかな。だって、さっき庭師の凪くんのことを特別に思ってるふうだった。これは勝手な想像だけど、身分差のせいで許されない恋だったりするのかもしれない。

「文さん、俺が荷物運びますよ」

「え？　あぁ、ありがとうね、凪くん」

話を打ち切るように、凪くんが文さんから掃除道具を取った。

それにホッとしているリィを見て、私は胸が切なくなった。

「リィ……」

「ごめんね、秘密にしてて」

文さんと凪くんがいなくなった廊下で、私は思わずリィに声をかける。するとぎこちなく笑ったリィに謝られた。

「そんなことはいいの、だけどリィは……」

凪くんが好きなんじゃないの？

そう聞こうとして言葉にできなかったのは、リィが泣きそうな顔をしたからだ。

「思いどおりに、生きられたらいいのにね」

リィの、まるで自分の境遇を憂うような言葉に、私はただ「そうだね」と返すことしかできなかった。

だって、今私がなにを言ったとしても、リィの心は救われない。そのための言葉を私はまだ見つけられずにいた。

私と拓海先輩、リィの三人は、警備室へやってきた。

中は三台のパソコンが並ぶデスクや、各防犯カメラの映像を一括で見られる大きな液晶画面などが設置されていて、いかにも警備室って感じだ。

「これが、鏡が壊された日曜日の映像です」

三人でビデオを確認する。リィが見せてくれた映像には、白髪の髪に緑色の清掃服を着た細身の人物がバケツと雑巾を手に掃除をしている姿が映っていた。

「倉庫に入ったのは、確かに文さんだけだね」

画質は悪いが、さっき会った文さんと同じ髪色と格好をしているのがわかった。

しかも、文さん以外に誰かが倉庫に入った形跡はなかった。それどころか、他の部屋や廊下にも不審人物は映っていないのだ。

「これは、音声は録音されないのか？」

「あ、はい。録画機能のみです」

そんなふたりの会話を聞きながら映像を見ていると、開いた扉からレオンが入っていくのが見えた。

「……えっ、レオンが倉庫に入ってってたよ!?」

「そうなの。この時、レオンは吠えたりしていないから、部屋にいたのは文さんだと思う。いつもみたいに、掃除してるところを狙って侵入したんじゃないかな」

やれやれといった感じで、リィはため息をつく。

そっか、知らない人がいたら吠えるよね、普通。でも、そうすると犯人は文さん説が強くなってしまう。

けれど、文さんの年齢的にも、ベネチアンミラーの重さ的にも、実行は不可能だ。

どんどん深まる謎に頭が混乱してくる。

映像の続きを見てみれば、レオンは少しして倉庫を飛び出していき、それに続いて掃除道具を持った文さんも倉庫を出ていった。

「……少し整理したい」

拓海先輩は映像をひととおり確認すると、眉間を人差し指でマッサージしながら言った。

少し休憩が必要そうだ。鑑定で拓海先輩にどんな影響があるのかはわからないけれど、疲れているのは明白だった。

「リィ、ちょっと休ませてもらってもいいかな？」

「……必要ない」

私の提案は拓海先輩によって即、却下される。

「あのですね、拓海先輩」

そんな青い顔で言われても説得力ないし、どうしてこういう時に強がるかな。

私は拓海先輩の目の前に立って、ビシッと人差し指を向けた。

「私の鑑定によると、拓海先輩はめっちゃ疲れてます！」

「……は？」

拓海先輩は軽く目を見張って、素《す》っ頓狂《とんきょう》な声を上げた。

「なので、これから休憩します。決定事項です！」

「ぷっ、拓海先輩、来春は一度決めたら引かないので、あきらめたほうがいいですよ」

私たちの会話を聞いていたリィが、くすくす笑う。

すると拓海先輩は「うっ」となり、観念したのかため息交じりに頷いた。


客間のソファーで香りのいい紅茶をいただきながら、クッキーをかじる。ふわりと広がる甘さに幸福感が全身に駆け巡ると、疲れが吹き飛ぶようだった。

リィは仕事関係のお客様が来たからと、今は席を外している。

「拓海先輩、頭痛はおさまりましたか？」

隣に腰かける拓海先輩に声をかけた。

「あぁ、平気だ」

「拓海先輩の平気は信じられないです。無理は禁物ですよ！　ほら、クッキーも食べて糖分補給です！」

「なっ……おいっ、んぐっ」

クッキーをひとつ掴んで、彼の口に突っ込んだ。

それを苦しそうに飲み込んだ拓海先輩。次の瞬間、部屋の温度が一度下がった気がした。

「あれ、この部屋ちょっと寒いですね」

「……おい」

腕をさすると、拓海先輩の顔が鬼神のごとく怖いことに気づく。

あ、あれ……なにかまずった？

思い当たる節はないが、私は心の中で冷や汗をかいた。

「お前は俺を殺したいのか」

「滅相もありません！　その逆ですよ、生かしたいんです！」

やっぱり私、拓海先輩を怒らせるようなことをしたんだ。

どうしよう、もしかして、クッキー嫌いだった？　よくわからないけど、とりあえず拓海先輩の顔が怖い。

「言葉と行動がマッチしてないんだよ、お前は」

「ひどいっ、お助けを！」

すごい怒ってる！　どちらかというと、殺されそうなのは私だった。

「……はぁ、お前と話すと体力使う」

「えぇ!?」

「うるさい、頭に響く」

ひどいっ、あんまりだ……って、頭に響くってことは、頭痛よくなってないんじゃん。この強がりめ、と心の中で文句を言う。

すると、どっと疲れが襲ってきたのか、拓海先輩は深く沈み込むようにソファーに寄りかかった。

「……犯人は、確実に男だ」

どこかぼんやりと天井を仰ぎながら、拓海先輩がぽつりとつぶやく。

「え、拓海先輩、なにか見たんですか？」

破損が激しくてエピソードに触れられないって言ってたけど、ヒントのようなモノは得られた。

「あぁ、少しだけな。鏡が割れた時、部屋にレオンが入ってきたのを心配してるところを見ると、内部の人間が……怪しい」

「そんな……」

拓海先輩の言葉に間があったのは、リィの親友である私を気遣ってのことだろう。

拓海先輩は言葉こそ鋭いし、わかりづらいけれど、優しいのだ。

「それに、誰かを救おうとしているみたいだった。鏡が割れて救われるのは……誰だ？

それを願う人間こそが犯人だろうな」

なんだか、バラバラのピースを前にしてるみたい。今わかるすべての事柄に、どんなつながりがあるのだろう。

「事件が起きたのは日曜日……待てよ」

拓海先輩は言葉を途中で切ると、眉根を寄せる。

「どうかしたんですか？」

「なにかが引っかかる。大事なものを見落としている気がする」

そう言って顎に手を当てると、すぐになにかに気づいたような顔で私を見た。

「なぜその日に、掃除係の文さんが映像に映ってるんだ？」

「なぜって、仕事だから？」

拓海先輩はソファーに深く沈めていた体をガバリと起こす。膝の上に肘をつき、手を組むとそこに顎を乗せた。

「文さんは膝を痛めているという理由で、日曜日は休みにしてもらっていたはずだ」

「あ、確かに！」

なんて初歩的なことに気づかなかったんだろう。そうだ、そもそも文さんは休みのはずで、邸にいるわけがないのだ。

「俺の鑑定では犯人は男だ。だとしたら、あの掃除係は別人と考えたほうがよさそうだな。大方、変装でもしていたんだろう」

あの防犯カメラの映像は、遠いし画質も悪かった。だから、格好だけで文さんだと判断してしまったんだ。

「それじゃあ誰が……」

「あの、里衣子だったか。この鏡の取引先の長男と見合いがあったらしいな」

拓海先輩の言葉に、先ほど廊下で文さんがお見合いの話をしていたのを思い出す。

「はい……でも、リィは乗り気じゃないんじゃないかなぁ」

「それは、勝手に決められた相手だからか？」

私の曖昧な言い方に引っかかったのか、拓海先輩が少し突っ込んで聞いてくる。

「うーん、それもなんですけど……それだけじゃないっていうか」

そんな簡単な話じゃなくて、あくまで憶測だけど、リィが縁談に乗り気じゃないのは……恐らく別の理由だ。

「たぶん、凪くんのことが好きだからじゃないかなって、思うんです」

「あの庭師か」

「たぶん、凪くんもリィのことを好きだと思います。って、女の勘みたいなものですけどね！」

でも、なんというかお互いを大切に思ってるような、見えない絆のようなものを感じた。リィの触れられたくない話題が出た時、凪くんがさりげなく話を逸らしたあたり、ほぼ確信的だと思う。

それで、不意に思い出した。

そっか、だからユウガオなんだ。

「はかない恋と……罪」

「なんだ、突然」

「いや、ユウガオの花言葉ですよ！　もしかしたら凪くんは、リィへの想いを花に込めて、庭に植えたのかなって！」

今の今まで忘れてたけど、思い出せてスッキリした。

そんな私を、拓海先輩は難しい顔で見つめてくる。

「はかない恋と罪……」

つぶやく拓海先輩を見て、また呆れているのかもしれないと思った私は、先手を打つことにする。

「くだらない妄想だとか、言わないでくださいよ？　だってあんなに豪華な庭にどちらかというと庶民的なユウガオの花を植えるだなんて、意味深じゃないですか！」

私の言葉に拓海先輩は目を見開くと、両手を膝にパンッと置いた。

「……そういうことか」

「え、拓海先輩、なにかわかったんですか？」

「とりあえず、空のところへ行く」

拓海先輩は私の質問には答えず、立ち上がる。

私はなにがなんだかわからないまま、拓海先輩の後をついていった。


倉庫に戻ってくると柊さんの姿はなく、空くんひとりだった。

「不足してるのは、鏡じゃなくてこの下の装飾だよ」

空くんが指さしたのは、鏡の縁についているガラスの薔薇の装飾だった。

「この鏡、全部左右対称に作られてるんだ。だから、右側の薔薇の装飾がないんだよ。一応鏡のほうも確認してみたけど、足りない破片はなさそう」

空くんは鏡の大体を元の位置に戻していた。

たった二時間でここまで……やっぱり空くんってすごいな。

私がその手腕に驚いている間にも、空くんは淡々と拓海先輩に説明していく。

「その装飾が見つかれば鑑定できるね。まぁ、場所がわかればなんだけど……」

「それは恐らく、レオンが持ってるだろうな」

割れた鏡を悩ましげに見つめたまま言う空くんに、拓海先輩は迷いなく断言した。

「え、レオンですか!?」

「ああ、キラキラしたモノが好きなんだろ。それに映像にも鑑定にも、レオンがなんらかの形で関わっていたのは確かだ」

「じゃあ、レオンを探せばいいってことですね！」

そうすれば、リィの依頼も解決できるし、鑑定でこれ以上、拓海先輩も消耗しなくて済むから万々歳《ばんばんざい》だ。

「いや、探す必要はない。小屋に――」

拓海先輩がそう言いかけた時だった。バタンと大きな音を立てて扉が閉まる。その後すぐに、ガチャリと外から鍵が閉められるような不吉な音がした。

「……え？」

突然の出来事に、私は頭が真っ白になる。嫌な予感がして、心臓がバクバクと激しく鳴った。同時にバチンとブレーカーが落ちたような音がして、一気に視界が真っ暗になる。

「ちょっと、どういうこと？　来春、拓海、大丈夫？」

空くんの声だけがどこからか聞こえる。これじゃあ、みんながどこにいるのかわからない。

「……わからん。とりあえず俺が扉を開けに行く。お前らは動くな」

拓海先輩が動く気配がした。そして、ガタガタッと何度も取っ手を引く音がする。

「開かない、閉じ込められたみたいだ。しかも、電気もつかない。ブレーカーが落ちたのか？」

ここは窓がない。だから、電気がなければいっさい光は入ってこない。

せめて電気さえついてくれればと思っていた私は、突きつけられた現実に落ち込む。

「最悪だね、柊さんもお客さんが来たからって部屋を出たばかりだし、しばらくこのままってこと？」

お客さん……たぶん、リィもその人の相手をしている。いつ終わるのかもわからないのに、こんないわく付きなところに閉じ込められるとか……最悪だ。

絶望的な状況に、カタカタと膝が震えだした。

「おい、さっきからなんで静かなんだ」

「来春、返事しなよ」

どうしよう、怖すぎる。だってここ、幽霊が出るとか言ってた。

ふたりが声をかけてくれるのは嬉しいし、飛びつきたいくらいだけど、なんせ余裕がない私には指ひとつ動かすことすら無理だった。

今、幽霊かゴキブリか好きなほうを選べと言われたら、喜んでゴキちゃんとの対面を選ぶだろう。そのくらい幽霊は苦手なのだ。

「うぅっ」

もう嫌だ、ここから逃げ出したい。

じんわりと瞳が潤み、今にも泣きだしそうだった。

「おい」

不意に、温かな空気が身を包んだ。耳元で聞こえた声に、体がビクリと跳ねる。

「えっ……拓海、先輩？」

「大丈夫だ」

拓海先輩の、聞いたこともないような優しい声。顔が見えないからなおさら、声の違いに気づけた。

いつもは無表情だから、なにも感じていないような冷たい人に見えてしまうけれど、本当はこうやって気遣ってくれる優しい人なのだ、拓海先輩は。

「怖いなら、さっきみたいにしてろ」

「さっき……」

それって、私がしがみついてた時のこと？　そっか、拓海先輩はそばにいていいって言ってくれてるんだ。

その意味を感じ取った時、胸の辺りがポカポカしてくる。

「ふふっ、ありがとうございます……」

ズッと鼻水をすすって笑えば、「泣いたり笑ったり、忙しいヤツ」と呆れられる。

だけど、その中には私への気遣いがほんのり混じっている。

腕を探るように手を伸ばせば、逆に手を掴まれて腕へと誘導された。その仕草にトクンと胸が鳴る。

なんでかな、拓海先輩のそばは息苦しくて居心地がいい。

意味不明な感情が湧いた、そんな時だった。

「うぅ……う……」

うめき声が聞こえた気がした。

「ひっ」

恐怖で、指先から凍りつくように体温が下がっていくのを感じる。深淵《しんえん》の闇が、底なしの恐怖心を掻き立てる。

「い、いいい今の、聞こえましたか？」

奥歯がカタカタと鳴る。

「空耳だと思ったけど、来春にも聞こえてるなら現実みたいだね」

空くんにも聞こえてるってことは、この怪奇現象、現実に起きてるんだ。

「うぅぅ～……」

「ひぇぇぇーっ」

再びうめき声が聞こえ、私は半べそをかきながら拓海先輩の腕に無我夢中でしがみつく。彼の体温を感じると、少しだけ安心できた。

「うぅ……う……うぅぅ～……」

「ひやぁあっ!!」

もうダメ、殺される！

うめき声を上回る悲鳴を上げた。その瞬間、ポカッと頭を叩かれる。

「騒ぐな、鼓膜が破れる」

「そんな無茶な！　どうしてふたりとも平然としてるんですか!?」

すると、拓海先輩にチッと舌打ちされた。

「来春の悲鳴のほうがよっぽど怖いよ」

「ううっ、空くんまで……」

幽霊が平気な人にはわからないんですよ、この怖さは。

どうやら、拓海先輩も空くんも取り乱すことなく平気そうだ。

「バカらしい、茶番だな」

「え？」

「よく聞いてみろ、このうめき声、繰り返してる」

「嘘……」

拓海先輩に言われて耳を澄ます。すると、まったく同じタイミングと長さでうなっており、一度途切れるとまた、同じうめき声が繰り返されていた。

確かに、周期してる。それに気づいた途端、嘘みたいに恐怖が引いていった。

「あ、これ……テープレコーダーだよ」

空くんがどこかへ歩いていって、カチャリとボタンのようなものを押す音が聞こえる。すると、ピタリとうめき声がやんだ。

「よっぽど幽霊騒ぎに仕立て上げたいらしいな。これで、はっきりした。犯人は今日、俺たちと関わったヤツの中にいる。大体、予想はついた」

「そんな……」

拓海先輩の言葉を信じたくない。だって、私たちを閉じ込めたりするような犯人が知っている人の中にいるだなんて、つらすぎる。なにより、リィが傷つくのではないかと不安になった。

でもきっと、このままではダメなのだ。少なくとも、ここへ来てから言葉を交わした人たちはいい人だった。だからこそ、嘘をつかれるのも、そしてつくほうも苦しむに決まってる。ハッキリさせたほうがいい。

そう思った私は、拓海先輩に尋ねる。

「……いったい、誰なんですか？」

しかし、拓海先輩がなにかを答える前に、バンッと扉が開いた。暗いところにいたせいか、光がまぶしく感じて目に染みる。

「来春!!」

「みなさん、ご無事ですか!?」

目を凝らした先に、リィと柊さんが現れた。

ふたりが助けに来てくれたことにホッとして、緊張していた体の力が少し抜けた。

「里衣子、彼らがお前の依頼した……？」

するとリィの後ろから、白のスーツに赤いネクタイを身に着けた、どこのマフィアかとツッコミたくなる強面《こわもて》の男性が登場した。その顔には見覚えがあった。

あ、あの人って確か……。

前にリィの家に遊びに来た時も見かけたことがある。

「紹介が遅くなってごめんね、父です」

やっぱり、リィのお父さんだったんだ。

「あのっ、私、里衣子さんの親友で――」

「お前たち、里衣子をだましているんじゃないだろうな」

挨拶をしようとした私は、いきなり疑惑の声を浴びせられ言葉が出なくなった。

だましてるって、私たちがリィのことを？

リィのお父さんは、胡散《うさん》くさい詐欺師を見るかのような目つきでこちらを見てくる。

「お父さん!!」

「鑑定士だかなんだか知らないが、信用ならん。どうせ、里衣子を金がなる木としか見てないいんだろう。だましたとしか思えんよ」

そんな……確かに拓海先輩の鑑定の力を誰かに信じてもらうことは難しい。だけど、そんな言い方ってひどすぎる。

「君が鑑定士か。金輪際《こんりんざい》、里衣子には近づくな」

拓海先輩を見て、吐き捨てるようにリィのお父さんが言った。

その間、拓海先輩の表情がいっそうなにも映さなくなっていくのがわかった。

「そんなバカげた力、信じるほうがバカなんだ」

「………」

拓海先輩はなにも言わない。もしかしたら、私の親友のお父さんだから気を遣ってくれているのかもしれない。

すごく悔しい。拓海先輩の力を本物だと説得できない無力な自分に腹が立つ。

ついに我慢ができなくなった私は大きく息を吸い込むと、その息を吐く勢いで怒りをぶつけた。

「一方的に決めつけないでください！」

私は拓海先輩の前に立つ。これまでたくさん傷ついてきた拓海先輩を守りたかったのだ。

「お前……」

「お父さんは、拓海先輩のなにも見ていないでしょう？」

驚きと戸惑いが混じったような声で拓海先輩が私を呼んだけれど、私はリィのお父さんから目を逸らさない。

いつもみたいに、文句のひとつでも言えばいいのに。私に気遣ってそれを言えない拓海先輩に、私が耐えられなかったのだ。

「鏡がどうして割れたのか、誰の仕業なのかを知りたいんですよね？」

「なにが言いたい」

お父さんは、ツカツカと目の前にやってきた私を探るような目で見る。

そんな明らかな敵意を向けられても、怖いとは思わない。だって、拓海先輩のブリザード光線に比べたら全然マシだ。

「真実にたどり着けるのは拓海先輩だけです！　それを決めつけで無下にしたら、困るのはお父さんのほうだと思います！」

「お父さん、来春は私の親友なの。だから私も信じて来春たちを頼った」

リィが私の隣に並んで、お父さんに言い返してくれる。そんな親友の姿に、やっぱりリィは自慢の親友だと胸打たれた。

「リィ……」

「文句は結果を出せなかった時に聞くから。今はなにも言わないで、待っててあげてほしいの。お願い」

頭を下げたリィに、お父さんは少したじろいだように見えた。

「ぐっ……ならやってみろ。フンッ、どうせ口から出まかせなんだろう」

皮肉げに笑うお父さんにカチンとくる。絶対に犯人を見つけて拓海先輩の汚名を返上しなきゃと闘志が湧いた。

「絶対に犯人を見つけますから！」

「おい、もういいから――」

「よくないです!!」

私を止めようとする拓海先輩に、そう叫んだ時だった。白い影が視界をよぎる。

あれ？　今、お父さんの後ろに白くてモサモサした物体が……って、レオンだ。

「ん……？」

レオンの口元がキラリと光った気がして、目を凝らす。すると、たまげたことに薔薇の装飾をくわえていた。

「あぁっ!!」

「なんだよ、近くで叫ぶな」

迷惑そうに耳を押さえる拓海先輩に構わず、『あれを見よ！』と言わんばかりに腕を引っ張った。

「レオンの口、見てください!!」

「口……あ」

私の視線の先をたどった拓海先輩も気づいたようだった。レオンの口の中で光る、薔薇の装飾に。

あれがあれば、鑑定ができる。そうすれば、拓海先輩の力が証明できる!!

そう思ったら、衝動的に駆け出していた。

「つ、捕まえなきゃっ！」

するとなぜか、レオンまで逃げ出した。

「な、なんで逃げるの!?」

遊んでもらえると勘違いしたのか、こちらを振り返ったレオンは満面の笑みを浮かべている。もとい、〝ように〟見えた。

「レオン、待って！」

「ワフッ！」

私の運動神経のピークは、中学二年生だった。それからは下降していく一方で、直線を走っていても、すぐ息切れするから嫌になる。

なのに私はゴールデンレトリバーVS人間という圧倒的に不利な争いを廊下で繰り広げていた。

廊下の終わりが見えてきた私は、そこでレオンを追いつめようと決めた。しかしレオンはまさかの方向転換をして、廊下の途中で右に曲がる。

そこにはバルコニーがあり、私もレオンの後を追って出た、その時だ。

「ワウーンッ！」

レオンは雄叫びを上げて、今まさに手すりの向こうへとダイブしていた。

「……えっ⁉」

犬って、二階から飛び降りても平気なんだろうか……って、そうじゃなくて、花の装飾を奪取しなくては。自分のやるべきことを思い出して、迷わず走る。

「ま、待って！」

「バカ、危ない‼」

拓海先輩の呼び止める声が聞こえた。でも、加速していた私は急には止まれない。

手すりがお腹に当たり、つんのめるように体が前へ傾いた。

「わぁぁっ!!」

眼下に白亜の噴水やら女神を象った銅像やらがある広大な庭が見えて、恐怖で叫ぶ。

私って、犬運ないかも。主にゴールデンレトリバー。

まるで走馬灯のように、クラウンに飛びかかられた時の記憶が蘇る。

さよなら、私の十六年間……。

目にキラリと涙が光りそうになった時、下へずり落ちそうになった体が重力に逆らってグンッと後ろへ引き上げられた。

「えっ……」

「来春!!」

お腹に回る誰かの腕が私を助けてくれたのだと気づく。その勢いで、一緒にバルコニーの地面へと尻餅をついてしまった。

「た、助かった……っ」

「こんの……バカが!!」

振り返れば、切羽詰まったように鬼の形相で怒る拓海先輩の顔が間近にあった。

「た、拓海先輩!?」

なぜここに？　もしかして、拓海先輩が助けてくれたのだろうか。

たくさんの疑問と動揺に言葉を失う。でも確かに私を抱きしめてくれている腕は、拓海先輩のモノだ。

「猪突猛進《ちょとつもうしん》すぎるにもほどがある！」

「すみません、つい……」

そう、つい獲物を見つけてしまって。それにしても、こんなに声を張った拓海先輩を見たのは初めてだ。随分、心配をかけちゃったんだな……。

「なんで、そこまでする」

「え？」

「依頼のために、なんでそこまで必死になれる」

依頼のためっていうか、それだけじゃない。

「リィのお願いだったし、これで拓海先輩の無念も晴らせると思ったから……」

私のおせっかいと負けず嫌いな性格が発動してしまったのだ。

「それだけのために」

拓海先輩には〝それだけ〟のことなのかもしれないけれど……。

「私にとっては、重要なことなんです！」

拓海先輩の方へと向き直って、言い切った。

すると、拓海先輩はさらに表情を曇らせてしまう。

「一歩間違えば、ケガしていたかもしれないんだぞ」

とがめるというよりは心配して言ってくれているのだということが、不安そうな顔から伝わってきた。

「それは、気づいたら体が動いてて……心配かけてすみません」

「この、イノシシ女が」

「イノシシ!?」

かわいくない。なにそれ、ひどいっ。

人間から動物に降格した私は、いじけて地面に指文字を書く。

「バカ、拓海先輩、ブリザード」

「……俺を、怒らせたいのか」

ギロリと私を睨む拓海先輩。

別に怒らせたいわけじゃない。ため込むのも私の健康上よくないので、地面にストレス発散しているだけだ。

「もう無茶するな。心臓がいくつあっても足りない」

「あ……」

それって、やっぱり心配してくれてたんだ。

言い方は素っ気ないのに、私は嬉しくて仕方なくなる。

「ふふっ、拓海先輩ってツンデレですよね」

「お前……反省してるのか？」

また睨まれたけど、気遣ってこそのムチなので全然怖くない。

「してますって！」

「誠意が伝わらん」

ポカリと拓海先輩に頭を叩かれる。最近、こうして言葉でけなされるのに加え、軽い暴力を受けている。

「私の脳細胞が死んだら、どう責任とるつもりなんですか！」

「……フンッ」

拓海先輩が鼻で笑った。

うわ、絶対に『お前の脳細胞なんて、もともとないだろ』的な意味合いに違いない。

つくづく性格悪いなと思っていると、先に拓海先輩が立ち上がった。

「行くぞ」

「またレオンと追いかけっこですか？」

それは骨が折れそうだなと、やる気が萎えた。

「そんな非効率なことしない」

私、その非効率なことを全力でしてたんですが。

「あいつは、光るモノを見つけては小屋に持ち帰る癖があるんだろ」

「あ！」

じゃあ、初めから小屋に行けばよかったんだ。

「私ってば、骨折り損のくたびれもうけじゃん！」

本当にバカだったな、と落ち込む。

「……ほら」

ふいに、ぎこちなく差し出される手。信じられない気持ちで拓海先輩を見上げた。

「この手……」

掴んでいいよってことだよね？　いや、これは拓海先輩の新しいブリザード対応の可能性もある。

「まさか、お手をしろ……とかじゃないですよね？」

「そこから突き落とすぞ」

「はい、スミマセン！」

違った、本当に手を差し伸べてくれたんだ。

いつもは凍てついた氷のようなのに拓海先輩は突然、春を連れてきたみたいに優しくなったりする。そんな一面を見せられるたび、私はこう胸が切なくなって、その表情に惹《ひ》かれてしまうのだ。

「いいから、早くしろ」

拓海先輩は空いたほうの手を襟首《えりくび》に当てて、照れくさそうに視線を逸らしている。

あれ、なんだか私……顔が熱い。

頬に手を当てると、じんわりと熱を持っていた。

「あ、ありがとうございます……」

私が拓海先輩の手を掴むと、力強く引き上げられて立ち上がる。

また近づく距離にドキリとした。なんとなく照れくさい。

お互いに気まずくなり、そっぽを向いていると、あ、そうだ、と思い出す。

どさくさに紛れて忘れていたけれど、私が落ちそうになった時、拓海先輩が私の名前を呼んだ気がした。

夢じゃないといいな。そう思いながら尋ねてみる。

「拓海先輩、さっき私の名前、呼びました？」

今まで呼ばれたことがなかったからか、一瞬聞き間違いかと思った。けれど、確かに聞こえた『来春』って言葉が幻聴じゃなくて本当だったら嬉しい。

「さあな」

「ええっ!?」

でも、今の『さあな』は拓海先輩がはぐらかす時によく使う『さあな』だ。ということは、そうか、やっぱり名前を呼んでくれたんだな。ヤバい、にやける。

「ふふっ」

私はつないだ手をギュッと握って、ゆるむ頬もそのままに、あからさまに浮かれた。

拓海先輩ってごまかすのが下手くそすぎて、ほとんど肯定してるってことに気づいてないんだな。

「……うるさい」

「え、なにも言ってないですけど」

「顔がうるさいんだよ、お前は」

はぁ、そんなこと初めて言われたよ。

拓海先輩は、今日も苦みと甘みのバランスが極端だ。例えるなら、カカオ九十九パーセント、残り一パーセントが甘みの激苦チョコレートのようだ、と思った。


「これで全員だな」

夕日が大きな窓から差し込み、部屋を茜色に染め上げる。

先ほど休憩させてもらった客間には、リィとお父さん、凪くんに文さん、柊さん、それからフカミ喫茶店の私たちがいる。

あの後、私たちはレオンの小屋で薔薇の装飾を回収し、鑑定を済ませた。謎が解けたのか、拓海先輩が召集をかけたのだ。

「それで、マジックショーでも始める気かね」

「むっ、だから私たちは……っ」

疑いの眼差しでこっちを見るリィのお父さんに、つい身を乗り出すと、肩を軽く後ろに引かれた。振り向けば、拓海先輩が私の顔をのぞき込んでいる。

「た、拓海先輩？」

「あとは俺に任せてればいい」

なぜかキュンとしてしまう。いつも無口でクールな拓海先輩から放たれる優しい言葉は、アルマゲドン並みの破壊力があるのだ。

「今回の事件は幽霊なんてバカげたものではなく、れっきとした人間の仕業によって起きた」

「じゃあ、犯人がわかったんですね！」

リィの顔に笑みが浮かび、それに拓海先輩は頷いた。そして、ソファーに腰かける吉高家の顔ぶれを見渡す。

「まず、事件が起きたのは日曜日で、気づいたのは翌日の月曜日だと言ったな」

「はい。でも、文さんが事件当日に掃除に入った時、鏡は無事だったって」

リィの返答に拓海先輩は頷き、今度はソファーに腰かける文さんへ視線を向けた。

「文さん、それはいつの話だ？」

「ええと、私が〝最後に〟掃除に入った日なら、土曜日の話です」

文さんの返答に、リィは「土曜日!?」と驚きの声を上げた。

それもそうだ、リィは日曜日、鏡が割れた日のことを文さんに尋ねたはずなのだ。

「まず、この事件がややこしくなったのには、里衣子さんと文さんとの間でコミュニケーションエラーが発生したからだ」

「あっ……もしかして私が、〝最後に〟掃除に入った日の鏡はどうだったかって聞いたから？」

リィはハッとしたように言う。

そうか、リィの言う文さんの最後の出勤日は日曜日のことだが、文さんにとっては土曜日ということになる。そこから行き違いが起きていたのだ。

「文さんも、事件が起きたのは土曜日だと思っていたんじゃないか？」

「ええ、私が出勤した日に鏡が壊れてたというお話でしたから、てっきり土曜日の話かと」

もう、しっちゃかめっちゃかだな、と私は苦笑いを浮かべる。

「でも、日曜日は掃除係の文さんは休みだったはずだ。なのに、防犯カメラには清掃服を着た人間が倉庫に入っていく映像が残っている」

「そうだ……私が文さんに休みをあげたのに、すっかり見落としてたわ」

リィが「あちゃー」と額に手を当てる。

「その流れなら、文さんを疑うところだが、文さんは膝を痛めている」

「あれ、装飾の重みもあって、ざっと二十キロくらいあるよ」

「空の言うとおりだ。つまり、ひとりであの鏡を持ち上げて割ることは不可能だ」

それに、成人男性でも二十キロの鏡を持ち上げるのは骨が折れる。

「なら、あの掃除係は誰だと言うんだ」

リィのお父さんが眉間のシワを深くして問う。早く答えを知りたいのだろう。

でも、いつもなら依頼に無駄な時間を割かない拓海先輩にしては、珍しくもったいぶっているようだった。なにを考えてるんだろうと拓海先輩の横顔を見上げてみても、無表情でその真意は測れない。

「鏡が割られた時、カメラにも映ってたが、レオンが倉庫で犯人と鉢合わせしても吠えなかったのは知っているな?」

「え、はい。でもこの子、基本的に人見知りしないし、不審者が入ってきても吠えないかも……」

リィは苦々しく答える。

「犬は本来、縄張りの概念が強い生き物だ。見知った人間ならともかく、悪意を持った他人が縄張り内に入れば、どんなに温厚な犬もアクションを起こす」

「じゃあどうしてレオンは吠えなかったんですか？」

不安げなリィの顔。もしかすると、身内の中に犯人がいると察したのかもしれない。

「レオンが警戒心を抱かない存在……つまり邸の人間だったからだ」

「なっ……君は、邸の人間を疑っているのか！」

拓海先輩に今にも飛びかかりそうな勢いで怒鳴る、リィのお父さん。

その気持ちもわかる。ずっと一緒に過ごしてきた人たちなのだから、かばいたいのは当然だ。

「里衣子さんは、壊れた鏡の取引先の長男と縁談があったそうだな」

拓海先輩は怒られても動じずに、いつもの凝り固まった表情で質問を投げかけた。

「それは……はい」

答えづらそうに、リィの表情が陰った。

「里衣子さんは、それに乗り気じゃなかったんじゃないか？」

「っ……それは……」

お父さんの手前、リィは言葉を詰まらせる。

「なにを言ってるんだ。これは両家にとってもいい縁談なんだぞ。不満なわけがないだろう」

間髪入れず、リィの代わりにお父さんが答える。

そっか、お父さんは……家のためになることがリィの幸せだと履き違えてるんだ。それをわかってるから、リィもなにも言えずにいる。

「今回の事件は、里衣子さんを救うために起きた」

「え、私……？」

驚きの反動で顔を上げたリィは、弾かれたように拓海先輩を見る。ハの字に下がった眉は、次に発せられる言葉を恐れているように見えた。

「鏡が割れて、取引先との信頼関係が崩れて救われるのは誰か。そして、それを心から願う人……里衣子さんにはわかるはずだ」

「ま、まさか……」

リィの顔が青ざめていく。そしてゆっくりと、その視線がある人に向けられた。

「ちなみに、庭に植えてあるユウガオだが……はかない恋と罪、という意味があるらしいな」

拓海先輩の言葉に、私は気づいてしまった。

リィの縁談を阻止したい人って、まさか……。

私は否定したい気持ちで、頭に浮かぶ人物を見ようと目を動かす。悲しいことに、向けた視線の先がリィと重なってしまった。

「そんな……そうなの？　凪……」

「お嬢様……」

リィと凪くんは、今にも泣きだしそうな顔で見つめ合う。

「どうして、そんなこと……あるわけっ……」

「里依子さんを救うためだったんだろう」

拓海先輩は凪くんをチラリと見て言った。

リィはまだ事実を受け入れられないのか、あるいは認めたくないのか、視線をさまよわせている。

「じゃあすべて、私のために？」

「罪深いことをしていると自分を責めながら……そいつは鏡を割ったんだ」

リィのために、凪くんは罪を犯した。こんなに切ない真実があるだろうか。……そうか、だからユウガオの話をした時、凪くんは気まずそうな顔をしたんだ。人見知りとかではなく、罪への後ろめたさや暴かれるかもしれないという恐れがあったから。

リィの目からこぼれる涙に、凪くんは俯いた。

「まさか、ユウガオのことまでバレちゃってるとは思わなかったな。そうだよ、あれは俺の罪の象徴なんだ。……ということは、幽霊に見立てた俺のバカな嘘も探偵さんには見破られてたってことかな」

砕けた口調で、困ったように笑う凪くん。

私はそれを、痛ましい気持ちで見つめていた。だって、ここで凪くんが素顔を見せたのは、きっともうなにを隠しても無駄だと悟っているからだ。

「あぁ、あのうめき声のテープレコーダーも、倉庫に俺らを閉じ込めたのもお前だな」

「はは、バレてたか……。でも、なぜ俺だと？」

「最初に話した時お前は、鏡が割れたり変な声が聞こえたり、気味悪いことばかり起きている。人の仕業じゃないのではと言っていた。それが、まるでそう思わせたいかのように聞こえて、逆に怪しかった」

「そっか、大げさすぎたのかな、俺は」

凪くんは頭を掻きながら、苦笑いを浮かべる。

「それに、幽霊の仕業にしたのは、自分の罪で他の誰かに疑いがかからないようにするための苦肉の策だろ」

「はは……鋭い人だな」

凪くんのその言葉が、拓海先輩の言葉を肯定していた。

「ただ、倉庫の鍵の入手方法だけがわからなくてな。里衣子さんのことを持ち出して、自白するよう誘導させてもらった」

「そうだね、俺はお嬢様には弱いから、嘘は言えないんだ」

拓海先輩がもったいぶっていたのは、そのためだったのか。すべてを明らかにするにはまだ解決していない部分もあったから、そこを突かれて逃げられないよう先に罪を認めさせた。本当に拓海先輩は探偵みたいだ。

「鍵は文さんから前日に借りてたんだ。旦那様から運んでほしいモノがあるって言われたからと嘘をついてね」

「土曜日に文さんが凪に鍵を貸したことは聞いてたけど……。日曜日、文さんが普通に仕事をしている映像を見たから、鍵はとっくに返されたんだって思い込んでた」

リィは頭を抱えながら言う。

「じゃあ、凪くんは嘘をついていたのかい？」

信じられないような、ショックを受けたような顔で文さんは凪くんに問いかける。

「文さんすみません、だましてしまって」

「そんな、どうして……」

凪くんは信頼されていたんだろう。だからこそ、大事な倉庫の鍵も文さんは貸した。

文さんは裏切られた感がぬぐえないのか、複雑そうな顔で凪くんを見つめている。

「それからお前、鏡を割った時にケガをしているな」

「あぁ、軍手で隠してたんだけどね……」

そう言いながら凪くんが軍手を外すと、拓海先輩の言ったように切り傷があった。

これでもう、言い逃れはできない。

「凪、大変なことをしてくれたな!!」

リィのお父さんは、すごい剣幕で凪くんに詰め寄った。

「旦那様、申し訳ありませんでした。すべては俺がお嬢様に恋したゆえの罪です。どんな罰も受けます」

「すぐに警察に突き出してやる」

「はい……ただ、お嬢様は自由にしてあげてください。これだけは、どうか聞き届けてくださいませんか」

床に膝と両手をつくと、凪くんは深く頭を下げた。

こんな時までリィの心配をする凪くんを見て、心から大切に想っているのだと伝わってくる。

好きな人のために最後まで尽くそうとする、その健気な姿に涙がにじんだ。

「……凪、もういいから」

「え、お嬢様?」

リィは静かに凪くんの隣に座る。そして、床についていた凪くんの手に自分の手を重ねた。

「私がお父さんに自分の気持ちを伝えられてたら、凪が手を汚すことはなかった」

「違います！　これは俺が勝手にやったことです！」

自分をかばうリィの姿に、泣きそうな顔をする凪くん。

「ううん、謝らせて……。ごめん、ごめんっ、凪っ」

重ねただけの手を、今度は強く握ったのが見えた。

声を上げて泣きだすリィに、今すぐ駆け寄って抱きしめてあげたい。だけど、その役目は私じゃない。

それにリィは今まで隠してきた自分の気持ちに向き合おうと頑張っているのだから、私は見守ることにした。

「お父さん、私ね、今まで言いたくても言えなかったことがあるの」

「言えなかったこと……だと？」

涙を流すリィを困惑したように見つめ返すお父さん。そんなお父さんを見上げるリィの目から迷いは消えていた。

親友の決意を見届ける、だから頑張れと心の中でエールを送る。

「私、ずっと好きな人がいたのに、家のためだと思ってあきらめようと思ってた。それも仕方ないことなのかなってお見合いをしたけど……やっぱり嫌。私、凪が好きなの。だから縁談は受けない」

「里衣子……いいのか？　幸せになれるチャンスを逃すんだぞ」

「あのね、私は好きな人と一緒でなければ、幸せになんてなれないんだよ」

リィが凪くんに視線を移すと、その瞬間、凪くんの目からも涙が落ちた。

「今回のことは私が引き金なの、凪の罪は私の罪よ。罰するなら一緒に罰して」

「すみません。俺はお嬢様を救いたかったのに巻き込んだ」

凪くんは心の痛みに耐えるように言葉をしぼり出す。

「俺の浅はかな行為で守るだなんて、聞こえのいいエゴだな。本当はお嬢様を誰にも取られたくなかったんです、俺は」

凪くんはそう言って、自嘲的な笑みを浮かべた。

そんな彼に、リィは困ったように微笑む。

「なに言ってるの、私はその凪の気持ちが嬉しいのに」

「お嬢様、あなたって人は……」

そこまでして、互いを想える恋なんだ。ただ、熱しては冷める薄っぺらい恋ではなくて、自分の一生を捧《ささ》げたいと思うほどに人を愛する気持ちがふたりにはある。

「はぁ、まったく。娘を罰しろなどと、私にできるはずがないだろう」

すると、深いため息をついて、困ったようにリィのお父さんが言った。

ふたりは「え？」と驚きを隠せない様子でお父さんを見上げる。

「私が娘の気持ちに気づかなかったことが、そもそもの原因だろう。それなら私にも、その罪を背負う必要があると判断した」

「なら、お嬢様のことは……」

消え入りそうな声で、凪くんが不安げに尋ねる。

「私から先方には謝っておこう、娘にはすでに許婚《いいなづけ》がいるとな」

お父さんの言葉に、リィと凪くんはポカンとした顔をする。それから少しして状況を理解したのか、ふたりは顔を見合わせて嬉しそうに笑顔を交わした。

「拓海くん……と言ったか」

突然、こちらを向いて、リィのお父さんが声をかけてきた。

胸の内を探っているのか、拓海先輩は身構える。

「君のおかげで、私は娘を不幸にせずに済んだ。感謝する」

「は……はい？」

思考が追いつかないようで、固まる拓海先輩。あんな険悪な態度だったから、まさか感謝されるとは思っていなかったのだろう。

「みなさんがいなかったら、罪を抱えたまま、後ろめたさにきっと耐えられなくなっていたと思います」

「ありがとう、来春、拓海先輩！　それから空くんもね」

リィと凪くんも、寄り添いながらお礼を言ってきた。

「いや、俺は別に……」

そう謙遜しながらも、拓海先輩が後頭部を掻いてるところを見ると、照れているのだとわかる。

拓海先輩が誰かに認められるのも、感謝されるのも、この人がもう一度人を信じられる糧になるのなら、すべてが嬉しかった。


邸を出ると、すっかり暮れた夜空の下、私たちは迎えの車を出してくれている深海さんを門の前で待っていた。

「リペアをしても完全に傷を消すことはできないから、売り物にはできないね、あのベネチアンミラー」

空くんがぽつりと言う。

結局、リペアの依頼は続行し、空くんが請け負うことになった。ただし、売り物にしたいからリペアするのではない。

「あれね、ふたりの真実の鏡にするんだって」

「なに、それ」

実はあの後、私はふたりからこの鏡のリペアを頼みたい理由を聞かされていた。

「同じ罪を犯さないように、この鏡の前では必ず真実を話すこと。そうふたりで約束したらしいよ」

あの鏡は最初、ふたりを引き裂く悲しみの象徴でしかなかった。だけど今は違う。お互いの本心を隠さずに、すれ違うことがないようにするために、あの鏡はふたりをこれからもつなぐ役割を担ったのだ。

「ふたりの大切な宝物なら、リペア頑張るよ」

「空くん……ありがとう」

こうやって、アンティークは人と人とをつなぎ、受け継がれていくのだ。

「愛とか絆とかって、目には見えないけど……アンティークって、目に見える想いみたいなモノだよね」

例えば、男性が女性に指輪を贈り、愛を誓うように。お嫁さんやその家族が嫁入り道具をお婿さんの家へ持参し、家族の契りを交わすように。

「私たちって、それを守るお仕事をしてるんだなーって感動しちゃった！」

言葉にできない想い、何代も積み重なる想い。その声なき声を届け、伝え守るお仕事に、私はやりがいを感じていた。

「来春って、たまにすごいこと言うよね」

空くんが驚いたように私をじっと見つめてくる。

「え？」

私、すごいことなんて言ったっけ……？

思い当たる節がなく、空くんを見つめ返すと、「確かにな」とさっきまで静かだった拓海先輩までもが便乗した。

「え、なに、どういうことですか!?」

聞き返す私に、拓海先輩は珍しく口角を上げて笑った。

「つまり、そのままでいいってことだ」

「だね」

ふたりは納得するように、うんうんと頷く。

「置いてけぼりにしないでくださいよ、もう！」

教えてくれてもいいのに、仲間外れにされたみたいで私はすねる。でも、ふたりが楽しそうだからいっか、なんて思うのは、レアな拓海先輩の笑顔が見られたからかもしれない。

「それにしても、あのテープレコーダーが幽霊の正体とはね。怖がり損だよ、まったく！」

話を変えて、私は今日の愚痴をこぼす。本気でこの手の話題がダメな私にとっては、ちょっぴり凪くんを呪いたい気分だった。

「あれ、言い忘れてたけど、テープレコーダーの電源切れてたよ」

「……空くん、今なんておっしゃいました？」

聞き間違いだよね、もう終わったことだしね。でなきゃヤバい、かなりヤバい。

ブルブルと体の芯から冷えるように震えだす。

「言い忘れてたが」

今度は、拓海先輩だった。

「まだあるんですか!?」

もうやめて、聞きたくないと思いながら、知らないのも恐怖心をあおられるので、
つい拓海先輩の言葉を待ってしまう。

「あの鏡に、白い女が映ってた」

「え……と、それは、つまり……」

「昔から鏡の向こうは別世界、魔が潜んでると言うからな」

マジか、あれは本当の幽霊だったんだ……。

サァッと血の気が引き、背筋が凍る。

「あ……あ……」

壊れたロボットみたいに、恐怖で言葉が出ない。

「おい、冗談――」

「いやぁぁあっ!!」

暗い夜空の下、私の悲鳴が響き渡ったのは言うまでもない。

Menu 4

始まりの時を刻む懐中時計

新緑がさらに色づき、この国にいる蝉《せみ》という蝉がいっせいに大合唱し始めたような、七月下旬。ついに夏休みに突入した。

私はというと、今日もフカミ喫茶店でバイトだ。

「はぁ……」

ほうきを手にため息をつく。バイト自体は好きだけど、夏休みなのに喫茶店に箱づめはちょっと寂しい。

今日の最高気温は三十五度。一週間前、梅雨明けをニュースが伝えていた。

窓に近づいて、雨上がりの日差しを照りかえすコンクリートを見つめ、猛烈に暑そうだとぐったりする。今なら、鉄板で無残にも焼かれる焼肉たちの気持ちが理解できそうだ。

「あ、そうだ」

ふと、せっかくの夏休みなのだから、フカミ喫茶店のみんなで遠出ができたらいいのに、と考える。

バイトの親睦会とか、なにかいい理由はないだろうか。なにせ、うちの店員はインドア派ばっかりだ。深海さんは別として、あとのふたりがなー……と悩む。

「……やっぱり、やめよう」

『行くわけないだろ、面倒くさい』って言われるのがオチだ。

気を取り直して、床を掃こうと振り返る。すると、なんだか店内の様子がおかしかった。なにがと言われると言葉には例えようがなく、強いて言うなら野生の勘に近い違和感を感じる。

「ん？」

よく観察すれば、テーブル席に座る拓海先輩の読んでいる本が逆さまだった。

そんなこと、よく見なくてもわかるはずなのだが、なにせ本人が平然と読書を続けているため、自分の目がおかしいのかと錯覚してしまう。

「……面白いな、なかなか」

「えっ」

私は戸惑って、つい声を漏らした。

拓海先輩は普段、本の感想をわざわざ口にしたりしない。ゆえに気味が悪い。

そして、おかしいのは拓海先輩だけじゃなかった。カウンター席からチラチラとこっちを見ては目が合うと逸らす、という奇行を繰り返してる空くんだ。

「あー……いつもありがとう」

しかも工具に話しかけながら、専用の布で手入れをしている。空くんはいつも、私からの『おはよう』の挨拶すらシカトし、黙々と工具の手入れをしているのがスタンダードなのに。

やっぱり、なにかがおかしい。とはいえ、人間誰しも悩みがあって時におかしな行動をとってしまう気持ちもわからなくはない。これはそっとしておくべきなのか。それとも、話を聞いてあげるべきなのか。

でも、相手はなんせ男の子なのだ。親友の相談に乗るのとは勝手が違うし、下手に首突っ込んで、プライドを傷つけるなんてことにもなりかねない。

「うーん」とほうきに顎を乗せ、頭を悩ませる。

あぁっ、私はどうすれば!!

突然迷い込んだ奇妙な世界に、発狂しそうになった。

「今日もキレイですね」

カウンターの向こう、キッチンからも声が聞こえてきた。

「あなたが世界で一番美しいですよ」

「……は？」

深海さんからありえない単語が飛び出て、マヌケな声を出してしまう。見間違えでなければ、磨いているカップに向かって、まるで恋人に愛を囁《ささや》くかのように話しかけている。

なに、この親戚ふたり、モノに話しかける癖があったの？

「クゥーン」

「え、クラウンどうしたの？」

気づくと、私の足元にクラウンがやってきていた。寂しそうに鳴くから、私は首を傾げてその頭を撫でてあげる。

「クゥーン、クンッ」

でも、その悲しい鳴き声はやまない。

「いったいなにが起きてるんだろ……」

この喫茶店で起こっている異変に、私は呆然と立ち尽くした。この奇妙な空間の中、なにをしたらいいのかわからず、怖さだけが増していく。

「おい」

「はい!?」

いつの間に近づいてきたのか、すぐそばに拓海先輩が現れた。それに驚いていると、彼は信じられないことに私の背中に手を当てる。

……え？

その瞬間、体が凍りついたかのように硬直した。

「座れ、掃除は俺がやる」

「……は？」

本当に、何事ですか!?

完全に思考がフリーズする私をよそに、拓海先輩はまるでエスコートするかのようにテーブル席に案内してくれる。拓海先輩らしからぬ、紳士的な行動だった。

相手は極上のイケメン、女の子ならば誰しも喜んで受け入れただろう。ただしそれは、拓海先輩の冷徹さを知らなければの話だ。ゆえに今、私の肌にはゾワリと鳥肌が立っている。

「来春、これあげる」

「これ、空くん秘蔵のチョコレートじゃ……」

ゴソッと目の前に積まれたのは、個々に包装されているひと口チョコレート。空くん曰《いわ》く、『頭を使うから糖分補給が必要』なんだそう。その大事な物資を分け与えてくれているのだ。

せっかくの好意は嬉しいはずなのに、なぜだろう。先ほどから私の胸の内を支配するのは……。

〝恐怖〟、この二文字だった。

「来春さん、こちらオレンジピールのハーブティーです」

「え？　私バイト中ですが……」

紅茶を差し出してくれたのは、深海さん。見慣れたはずの笑顔に、明らかに労りを含ませているのはなぜだろうか。

「オレンジピールはイライラして心が落ち着かない時、リラックスさせてくれる効果があるんですよ」

「は、はぁ……」

だから、なんで!? 私はイライラなんてしていない。落ち着いてるし、むしろバイトなのにこんなに緊張感がなくていいのかと思うくらい平常心だ。

「あの、ずっと言いたかったんですけど」

耐えられなくなった私は、とうとう切り出す。

全員の空気が凍りついた気がした。それは真冬の吹雪の中、裸で寒い昭和ギャグでもぶちかましました、くらいの勢いで。

「えーと……なに？」

どうしたものかとみんなの顔を見渡すも、目が合わない。不自然に逸らされて、新手のイジメかと泣きたくなった。

「あのぉ、みなさん本当にどうしたんですか？ 様子が変ですよ？ 泣きますよ!?」

朝、出勤したところまではいつもどおりだった。いつもどおり深海さん以外は私を無視していたし、それが普通なのだ。でも、急におかしくなった。

「拓海先輩は本が逆さだし」

とりあえず、面倒だがひとつずつ指摘することにする。

「俺は……どんな向きでも読める」

「そういう話じゃないんで！」

どうしていつもと違うことが起きてるのかを、私は聞いているのだ。

「空くんも深海さんも、独り言激しいし！」

「……来春の気のせい」

空くんはフイッとそっぽを向いてしまう。

全部私の考えすぎだ、みたいに持っていくつもりなのかとため息をついた。

「そうですよね。はっきり聞かなかったのがいけなかったのです」

深海さんが深刻そうな顔でつぶやいた。

急に空気がシリアスモードに入り、私はなにを言われるのかと唾を飲む。喉がゴクリと鳴って、口の中がやけに乾いた。

「来春さん、バイトを辞めてしまうんですか？」

「……はい？」

辞めるって、私が？　なぜそんな話がいきなり出てくるのだろう。

私は失礼だと思いながらも、ぞんざいな返事を返してしまった。

「だって来春、バイト辞めようってつぶやいてた」

「あ、それって……」

空くんに指摘されて、自分の言動を振り返る。

ついさっき、みんなで遠出したいけど絶対来てくれないだろうから、やめようとあきらめた時につぶやいた言葉かもしれない。

「勝手に辞めるな。許さない」

「許さないって……いや、それ誤解ですって！」

凄んでくる拓海先輩に慌てて釈明する。そして誤解を解くため、事の成り行きを話した。

「――ってわけなんですよ！」

「早とちりでしたか、安心しました」

すると、深海さんは心底ホッとしたように微笑んだ。

「人騒がせなヤツめ」

「来春、お騒がせ」

拓海先輩と空くんは想像を裏切らない呆れ具合だった。『勝手に勘違いしたのはそっちでしょうに』と文句を言いたい。

「はぁ……」

変な空気から解放されると、どっと疲れが襲ってきた。しかもみんな、私が辞めないとわかった途端にクモの子を散らすように解散して、なによ！と不貞腐れたくなる。

「ワンッ、ワンッ！」

クラウンだけが嬉しそうに、ちぎれそうなほど尻尾をフリフリしてくれている。

「うぅっ、優しいのはクラウンだけだよーっ」

「ワンッ！」

癒しを求めてクラウンにヒシッと抱きつくと、ペロペロと顔をなめられた。

「おや、もうそろそろお昼ですか。みなさんキリがいいですし、休憩にしましょうか」

深海さんが銀の懐中時計を見ながら提案する。その姿を見て思い出した。

「そういえば、深海さんって懐中時計ふたつ持ってますよね」

「あぁ、これのことですね」

深海さんが胸ポケットから金の懐中時計を取り出して見せてくれた。でも、時計の針は十二時を指したまま止まっている。

「普段使いしているのはこの銀の懐中時計で、金の懐中時計は……」

深海さんの懐中時計に向ける眼差しは優しいのに、悲哀の色が宿っていた。

「大切な人からの、預かり物でして」

「預かり物？」

「老いぼれの、若かりし頃の恋の話です」

深海さんの恋愛話かぁ……。

そういえば、深海さんって結婚してないんだっけと確認するように左手を見れば、薬指に指輪はない。

「深海さんの恋バナ、聞きたいです！」

「女はどうして、そういうくだらない話が好きなんだ」

カウンター席に座る拓海先輩が、興味なさげに本を開く。

あなたは恋愛に関わらず、なににも興味ないじゃないですか、と無言の抗議で拓海先輩を睨んだ。

「……言いたいことがあるなら口で言え」

「ひっ」

拓海先輩の視線は本に向けられてるのに、どうして私が見てるってわかったんだろう。鑑定士、恐るべし。

「ふふ、女性はお好きですよね」

「大好物です！」

今まで好きな人がいなかったわけじゃないけれど、語るほどの経験はない。ましてや彼氏なんてできたことがない。だからこそ気になるのだ。みんながどうやって恋に落ちるのか。

「では、私のでよければお話ししましょう、この懐中時計の秘密を」

深海さんは優しげな目をさらに細めて、ニッコリと笑った。

私たちは、時間も午前十二時を回っていたので、昼食休憩をとりながら深海さんの話を聞くことにした。

喫茶店にひとつしかないテーブル席に椅子を持ってきて囲むと、みんなで深海さんの作ったふわとろ卵のオムライスを食べる。

「んー、おいひい！」

「来春、食べながらしゃべんないで」

空くんに怒られてしまった。

「んぐっ、ごめん。でも本当においしい！」

深海さんはコーヒーだけでなく、料理の腕も一流だ。クラウンも隣で、深海さんがブレンドした特製ドッグフードをおいしそうに頬張っている。

それを横目に、私は「それで、深海さんの話は？」とウズウズしながら尋ねた。

「私が雪《ゆき》さんに出会ったのは、来春さんと同じくらいの歳の時でした」

深海さんはふわりと微笑むと、静かに語り始める。その瞳は私を見つめているのに、違う誰かを映しているようだった。

「雪さんっていうんですね、深海さんの大切な人」

どんな人だったのだろうと想像を膨らませる。

深海さんのような紳士が惚れた人だから、きっと穏やかで女性らしい人なんだろうな、と思った。

「雪さんと出会ったあの日、私は京都駅《きょうとえき》で友人と会う予定がありまして」

「京都駅？　深海さんって、京都に住んでたんですか？」

「はい、京都出身ですよ。留学して日本に戻ってきてからはずっと東京にいますが」

そうだったんだ、知らなかったな。

「駅のホームで待ち合わせしていたのです。ですが、友人は降りる駅を間違えてしまったようでして」

「おっちょこちょいなんですね、深海さんのお友達」

でも、深海さんが学生の時代って確か携帯はなかったはず。電話もメールもできないから、場所を間違えたり急な用事があったりした時に不便だな。

「ふふ、そうですね。なので、どんなにホームで待っていても待ち人が来なかったのです。そんな時、私と同じようにホームで人を探している彼女を見つけました」

あ、それが雪さんだったんだ……。なんか、雪さんのことを話す深海さんって、いつもより、にじみ出る優しさが何割か増してるように見える。

「彼女も待ち人に会えなかったのか、私と同じように途方に暮れて駅のベンチに腰かけていました。そこで話したのが出会いです」

「わぁ、ロマンチックです！」

まるで映画の中の恋みたい。この時代にもし携帯があったなら、深海さんの恋は始まらなかったのだ。そう思うと不思議な気持ちになる。

「それから、一緒に出かけることが増えまして。笑うツボや食事の好み、あらゆる価値観が雪さんとは合ったのです」

「じゃあ、それが決め手で雪さんに恋を？」

「そうです。雪さんとなら不思議と、結婚してその後も笑って過ごせるような、そんな先の未来が見えたと言いますか」

少し照れながらはにかんだ深海さんに、幸せのお裾分けをもらったような胸の温かさを感じる。

それにしても、結婚後の未来かぁ。付き合ってもないのに、そういうビジョンが浮かぶもんなんだ。しかも、この時の深海さんは私と同い歳だ。

　私は結婚の〝け〟の字も想像できないし、ずっと先の話だなと思う。そう考えると、自分ってまだまだ子供なのかもしれないと少しヘコんだ。

「それに携帯のない時代でしたから、相手が待ち合わせ場所に来るのかドキドキしたり、電話も家にかけるとお父様が出たりして、ハラハラしたのを覚えています」

「なるほど、今なら考えられない状況ですね」

今の高校生なんて、家の固定電話になんてまずかけないし、携帯も家族に見られないようロックをかけて、秘密厳守するだろうから。

「吊《つ》り橋《ばし》効果ってやつですね」

「……それは、意味合いが違うだろ」

突然、拓海先輩がツッコんでくる。拓海先輩も興味ないとか言いながら、ちゃっかり聞いていたみたいだ。

「そんな苦労を重ねたからでしょう、いつの間にか雪さんが愛しくてたまらなくなっていました」

「きゃーっ」

興奮して、つい歓声を上げてしまう。自分は恋をしていなくても、誰かの恋バナは枯れた心を潤して、自分も恋した気にさせてくれるからいい。

どうしよう、私。今、すっごく楽しい！

「来春、奇声上げないで」

私が幸せ気分に浸っていると、空くんが毒を吐いた。

「空くん、歓声と言ってちょうだい！」

誰が奇声よ、誰が。本当、深海さん以外は私への扱いが雑だ。女の子に言う言葉じやないと思う。……ハッ、もしかして私、女だと思われてない？　そうだとしたら、かなりショックだ。

「そうか、だから十六年間も彼氏がいないんだ……」

「ですが、この時バリスタの留学でオーストリアに行こうと思っていた私は、雪さんのために日本に残るのか悩んでいまして」

落ち込んでいる私の横で、深海さんは完全に思い出の中にトリップしていた。

「オーストリアはカフェ文化が根付いてるからな。それで、マスターはどうしたんだ？」

「拓海先輩、乗り気ですね～？」

くだらない話だって、バカにしてたのに。

からかうように拓海先輩を見ると、プイッと顔を背けられた。

「単に、マスターの話だから気になるだけだ。恋とかそういうのは抜きにしてな」

「へー、まぁ、そういうことにしといてあげます」

「なんでお前が上から目線なんだ」

またジロリと睨まれたが、私はツーンとその視線を無視した。

ふーん、怖くないですよーだ。バイトを始めてからというもの、毎日のように睨まれ続ければ、いい加減このブリザード光線にも慣れるというものだ。

「人生を棒に振ってもいい、恋だったのです」

私たちの口論にも気づかず、深海さんは情熱的に語り続けている。

そんな深海さんを見た拓海先輩が、なにか言いたげに私の方を向いた。

「お前、ちゃんと聞いてやれ」

腕組みをしながら、拓海先輩は不憫《ふびん》そうに言う。

「それなら、拓海先輩も同罪です」

「ふたりとも、うるさい。マスターの話、聞こえない」

一番話を聞いていたのは、どうやら空くんだったらしい。空くんは純粋に孫みたいな立ち位置で、マスターの話に耳を傾けていた。

「でも、雪さんにはそんな私の悩みなんてお見通しだったんですね。ある日、ポストに雪さんから手紙とこの懐中時計が投函《とうかん》されていました」

「え……」

幸せに浸っていた私は、雲行きが怪しくなる深海さんの恋愛談に胸をざわつかせる。

「手紙には、『あなたが目指すものを迷わず追いかけてください。ここでふたりの時は一度止まるけれど、再び会うことができたらまた動きだすでしょう』……と」

自分の想いを押し殺して相手の幸せを願える雪さんは、強い人だ。最後に姿を現さなかったのも、深海さんの夢が叶うまでは会わないという雪さんなりの覚悟のように思えた。

「なので、この懐中時計は初めから十二時で停止しているのです」

テーブルに置かれた金の懐中時計を深海さんが指で撫でる。この懐中時計には、甘いだけじゃない、切ない恋の軌跡が刻まれていたのだ。

「じゃあ、マスターはそれから雪さんに会ってないの?」

「えぇ、そうなんです。日本に帰ってきたのはそれから五年後のことでしたから。こんなに待たせた私に雪さんと会う資格なんてないのでは、と思ってしまったもので」

空くんの問いに答えた深海さんの目が切なげに揺れた気がした。

深海さんは今でも後悔しているのかな、雪さんに会いに行かなかったこと。それに、この時計も止まったままだなんてかわいそう。時計は時を刻むためにそこにあるのに。

「その時計はまた、動きだすことを待っているんじゃないですか?」

気づいたら、そう口にしていた。

「自分の幸せも捨てて、相手の幸せを願える人です。きっと雪さんも深海さんのこと、ずっと待っているんじゃないですか?」

確信なんてない。だけど私が雪さんの立場なら、きっと待ち続けた。

「ですが、私も雪さんもいい歳ですし、雪さんには新しい人生があるかもしれません。なので、迷惑はかけたくないのです」

新しい人生って……例えば、他の人と結婚しているかもしれないということだろうか。それじゃあ、深海さんの気持ちはどうなるのだろう。

「深海さんは、ずっとモヤモヤしたままです」

「来春さん……」

「あの、提案なんですが、雪さんに会いに行きませんか？」

今までの依頼も、真実を知って円満解決ってものばかりでは決してなかった。だけど、過去を引きずらない〝けじめ〟みたいなものが必要な時もある。

「夏休みだし、みんなで旅行できるし、ちょうどいいじゃないですか！」

「来春はそっちが本音でしょ」

「あはは、バレたか！」

巻き込むとか、迷惑をかけるとか、そんなふうに深海さんが気負うことなく選択できるように、空くんのツッコミにわざと明るく振る舞った。

そんな私を、拓海先輩の透き通るような目が意味深に見つめてくる。

「な、なんでしょうか……」

「俺はなにも言ってない」

「目は口ほどに物を言うんですよよ」

たぶん拓海先輩は、私のわざとらしい態度の理由に気がついているのだろう。

「……仕方ない、マスターのためだ」

オムライスを掬ったスプーンをお皿に戻して、拓海先輩は深海さんの方を向いた。

「マスター、心残りは解消しとけ。そういうのは、ふとした瞬間に痛むものだ」

拓海先輩の言う『心残り』。それはお母さんのことを言っているのかもしれない。

いつか、雨が降りしきるような拓海先輩の心も晴れるといいなと願いながら、鼻《び》梁《りょう》が彫刻のように整った横顔を見つめた。

「そうですね……みなさんの言うとおりかもしれません」

深海さんは考え込んだ後、静かに頷き、意を決したように言った。

「……みなさん、ついてきてくださいますか？」

気持ちを決めてくれたことに気分が舞い上がった私は、全力で頭を縦に振った。

「もちろんですよ!!」

意気込んで答えると、深海さんの顔がほころぶ。

「ふふ、ありがとうございます」

深海さんの笑顔を見てほっとした私は、そこで重大なことに気がついた。

「それで、雪さんって今、どこにいるんでしょう？」

すると、みんなが「あ……」という顔になった。

三日後、私たち四人は新幹線で京都を訪れた。深海さんの記憶を頼りに、京都にあったという雪さんの家を訪ねるためだ。

懐中時計と一緒にポストに投函されていた手紙の住所が変わっていないことを祈りながら、ここまで遥々《はるばる》やってきた。

何日もお店を空けることはできないし、お留守番をしているクラウンのことも心配なので日帰りの予定だ。

「僕、蜃気楼《しんきろう》が見える……」

隣を歩く空くんは、この日差しにやられたのだろう、頬が赤く火照《ほて》っていた。

「空くん、お水飲む？」

「うん……」

私がペットボトルを渡すと、空くんはそれを弱々しく受け取ってゴクリと飲んだ。

空くんがこうなるのもわかる。今日の京都の最高気温は三十八度、日光をダイレクトに浴びている頭からアイスみたいにドロドロ溶けてしまいそうなほど暑い。

五分ほど歩くと、私は道の途中で着物レンタルの看板を見つけた。

「あ、あそこ、着物を貸してくれるみたいですよ！」

絶対、着たい！

引き寄せられるように足を向けた私の背に、もちろん拓海先輩の声が飛んでくる。

「ふざけるな。こんなに暑いのに着物なんか着れるか」

少しやつれた顔で却下する。インドア派だから余計なのだろう。

その若さですでにフレッシュさを失っている拓海先輩の将来が心配になった。

「でも浴衣もあるし、それなら涼しくないですか？」

「観光に来たんじゃないんだぞ、お前」

「どうせなら、楽しんだモン勝ちですよ！」

それに、京都に来たのは初めてなのだ。古きよき日本の景色をそれっぽく楽しむには、和装は欠かせないだろう。

「ふふふ、いいんじゃないですか、楽しむのも」

深海さんは拓海先輩の肩に手を置いて、はしゃぐ私に賛同してくれた。

拓海先輩は額に手を当てて、「マスターは甘すぎだ」と呆れたようにため息をつく。

「そういう拓海くんも空くんも、来春さんには甘いと思いますよ」

「冗談はよしてくれ」

拓海先輩は心底嫌そうな顔で、キッパリ言い切った。

ふたりの会話を背中越しに聞きながら、私はというと、せっせと着物レンタル店の扉に手をかける。

「フカミ喫茶店御一行様ーっ、行きますよ！」

ガイドさんのノリで手を上げる私に、拓海先輩と空くんは観念したようにため息をひとつつくと、仕方なくといった様子で付き合ってくれるのだった。

浴衣に着替えた私たちはさっそく雪さんの家があった場所へと向かう。

「雪さんの家って、伏見《ふしみ》の方だよね。それならそこで京阪本線《けいはんほんせん》に乗ろう」

紺地に縦縞《たてじま》の甚平《じんべい》を着た空くんが携帯のナビアプリを見ながら、テキパキと指示を出した。

「空くん、頼りになります。私は生まれてこの方、携帯というモノを使ったことはありませんが、随分便利なんですね」

「今は、マスターでも使える簡単な携帯もあるよ」

「へぇ、そうなんですか？　では、検討してみましょうかね」

空くんの手元をのぞき込みながら歩く深海さんは、灰地に麻の葉柄の浴衣を着ている。

いつも洋装のカフェコート姿なので、和装の深海さんは新鮮でいっそう落ち着きのある大人の男性に感じた。

ふたりの後ろを、私は拓海先輩と並んでついていく。

チラリと隣を見上げれば、黒地の波のような縦縞しじらの浴衣に身を包む拓海先輩がいる。背も高く凛とした顔立ちだからか、同じ高校生とは思えないほど大人っぽい。しかも、拓海先輩の襟元からたまに見える首筋とか、気だるげな表情とか、尋常じゃない色気が……って、私は変態か。

カランカランと鳴る聞き慣れない下駄の音や、着慣れない生地の薄い浴衣の感触も、余計に私の鼓動を早まらせるから困る。

私は頭を大きく横に振ると慌てて煩悩を振り払った。

「なっ、なんか、浴衣を着ると気持ち涼しくないですか？」

恥ずかしさをごまかすように話しかけた。

「……悪くない」

すると、風にさらわれそうなほどにかすれた声で、拓海先輩は答えた。

「ふふ、あんなに嫌そうな顔してたじゃないですか」

なんだ、拓海先輩もやっぱり浴衣を着られて嬉しいんじゃない。

だけど、そう思っていた私は次のひと言に想像を覆される。

「違う、そうじゃない」

拓海先輩は困ったように視線をさまよわせ、首の後ろに手を当てると、私の方は見ずに否定した。

え、なに……この空気。

ムズムズするような、居心地が悪いような、いいような。そんな妙な感覚に落ち着かなくなる。

「その浴衣……」

つぶやいた拓海先輩に、私の浴衣がどうかしたのだろうかと自分の姿を見下ろす。私が着ているのは、お店の人が勧めてくれた水色地に朝顔が描かれた浴衣だ。

「あっ、もしかして！」

そこでハッとする。拓海先輩は浴衣のことを褒めてくれようとしたのかもしれない、と。そのことに驚いた私は、「ええっ!?」と大きな声を上げてしまう。

だってありえない。あのブリザード男が、どういう心境の変化だろうか。

「……まだなにも言ってない」

不機嫌を装った拓海先輩が、私を横目にそう言った。

「明日は氷でも降るんじゃ……」

でも拓海先輩のほんのり赤い頬を見れば、それが照れ隠しの仕草だなんて容易に想像がつく。夏なのに、これは天変地異が起こりそうだ。

「お前……俺のことをなんだと思ってるんだ」

「ふふっ、いえ、嬉しいですよ、拓海先輩！」

思わず顔がゆるむ。

「それにしても、素直じゃないなぁ」

「おい」

納得いかなそうな顔をする、そんな不器用な拓海先輩のことが、なぜか最近すごく気になるのだが、彼には秘密だ。

「俺は、褒めたつもりは――」

「ふたりとも、電車来ちゃうよ！」

遠くで空くんが叫んでいる。拓海先輩と話していたら、いつの間にか距離が空いてしまっていたらしい。

「ふふふ」

「ニヤニヤするな。空たちに変に思われる」

「ありがとうございます！」

お礼の言い逃げをして、私は拓海先輩の浴衣の袖を引っ張る。こんなふうに私が強引に振る舞っても、この人はきっと突き放したりはしないんだろう。

「なにが『ありがとう』だ。シワになるから離せ」

「はいはい、行きますよ、拓海先輩っ」

「……人の話を聞け」

拓海先輩の抗議はことごとく無視をして、私はその手を掴むと前を歩く空くんたちの元へと向かう。いつか、このまま光あふれる世界に私がこの人を連れていきたい。そんなことを思いながら。

電車で五分。私たちは『伏見稲荷駅《ふしみいなりえき》』にやってきた。神社が近くにあることもあり、駅の中にも赤い柱が建っている。そこからお土産《みやげ》参道や踏切を越えて、歩くこと十分。私たちは一軒の日本家屋の前にたどり着いた。

「随分立派な家だね」

空くんが言ったとおり、私たちが見上げる目の前の建物は屋根付きの門と石塀の上に木製の柵で囲まれた、大きくて風情のある立派な屋敷だった。

柵から飛び出しているのは、青葉をつけた桜の木だろう。都会ではあまり見ない日本建築の奥ゆかしさに、気持ちまで落ち着いてくるようだ。

「前園《まえぞの》……恐らくここで間違いありません。雪さんの家は古くからある呉服屋さんなのです」

へぇ、呉服屋さんだったんだ。だからこんなに立派なお家なわけね、と納得する。

「深海さん、心の準備は大丈夫ですか？」

心配になって顔をのぞき込むと、深海さんは眉をハの字にして無理に笑った。

「頑張ります。私のことなんて、遠い過去になっているかもしれませんが……」

「深海さん……」

最初になんて声をかけようか、どうして留学から帰ってきてすぐに会いに行かなかったのか、とか。たくさんの想いが深海さんの中で渦巻いているのかもしれない。

「もし雪さんが深海さんのことを忘れていても、深海さんには私たちがいます！」

「来春さん……」

深海さんの目が軽く見開かれる。

「だから、後悔しないように思いっきりぶつかってきてくださいね」

私の言葉に、深海さんは目を細めるようにして微笑んだ。

「来春さんは、どこか拓海くんのお母様に似ていますね」

「え、拓海先輩のお母さんに？」

「その存在だけで周りの人も明るくしてしまう、太陽のような人です」

深海さんは私越しに、他の誰かを思い浮かべているような、遠い目をしていた。

拓海先輩のお母さん、明るい人だったのかな。

似てるって言われるとなおさら、生きているうちに会ってみたかったなと思ってしまう。それが叶わないことが、無性に切なくなった。

「その恩恵は、家族には向けられなかったがな」

そう言った拓海先輩の声は冷たかった。

「拓海先輩……」

まだ、お母さんのことを許せずにいるのかもしれない。人を憎み続けるのはきっと苦しいはずだと胸が痛んだ。

「そろそろ行くぞ。マスター……いいか？」

拓海先輩の言葉には、深海さんへの気遣いが感じられた。

「ええ、行きましょう」

意を決したように深海さんはインターフォンを押す。

『はい、どちら様ですか？』

インターフォンから聞こえてきたのは、若い男性の声だった。

「私、深海 進と申します。前園 雪さんにお会いしたく、お伺いしました」

『え……深海……さん、ですか』

すると驚いているのか、間が生まれた。

何事かと私が拓海先輩と空くんと目を合わせた時、『すぐに伺います！』と慌てたように通話が切れる。そして間もなく門が開けられた。

「お待たせしました。私は前園東吾《とうご》と申します」

現れたのは、二十代後半くらいの柔らかな雰囲気の男性だった。着物に身を包んでおり、どこか品を感じさせる出で立ちだ。

「さすが呉服屋さんですね、見事なお着物で」

「お褒めに預かり光栄です。そして、お待ちしておりました、深海さん」

深々と頭を下げる東吾さんに、私たちの頭にはたくさんの？マークが浮かぶ。

「待っていたというのは？」

みんなの疑問を代表して投げかけた深海さん。

「ここではなんですから、どうぞ中へ」

私たちは戸惑いを胸に抱えながら、東吾さんに促されるままに屋敷へと上がらせてもらうことになった。


「前園 雪は、私の祖母でして」

客間に通された私たちは、東吾さんから衝撃のひと言を浴びせられた。つまり、雪さんは結婚していて、その子供の子供が東吾さんというわけだ。

頭のどこかではこういう可能性もあるとわかってはいた。だけど、やはり信じたかったのだ。ずっと初恋の人だけを待ってるに違いない、と。

とはいえ、現実はそんなに甘くない。流れた時も五十年と長く、距離も遠く離れていた。信じて待ち続けるなんて、言葉では簡単に言えるけど、待つのも待たれるのも想像を遥かに超える忍耐がいるのかもしれない。

深海さん、ショックだろうな。そう思っていた私は、深海さんの次の言葉に驚いた。

「幸せになってくださっていて、ホッとしました」

え……？　と喉まで出かかった声を押し止める。深海さんの話を邪魔してはいけないと思ったからだ。

「五十年もあの方を孤独にしてしまっていたら、自分を許せなかったでしょう」

なぜ、そんなふうに言えるのだろう。愛した人が他の誰かと結ばれてしまったのに。

「祖母に聞いていたとおりだ。深海さんは芯が強く、誰よりも慈愛にあふれた方だと」

会えて嬉しい。そんな東吾さんの思いが笑顔から見て取れた。

「私はそのような大それた人間ではありません。あの時、雪さんにつらい選択をさせてしまったのは、私が若く、弱かったせいなのですから……」

深海さんは今も、あの時の選択を後悔しているのかな。それなら雪さんは今、なにを思っているのだろう。その胸にあるのは後悔か、切なさか、忘れられない恋情か。

「ですが、祖母はよく深海さんのことを話していました。祖父のことは愛していましたが、忘れられない大切な人がいる、と」

忘れられない大切な人……。深海さんも雪さんのことをそう話していた。ふたりはきっと、物理的な距離は離れていても心でつながっていたのだ。

「そうでしたか……」

「あの、雪さんは今……」

「あぁ、大切なことをお伝えしていませんでしたね。実は五年前に祖父が、去年の夏に祖母が他界しまして……」

「っ、そうでしたか……。私は、遅かったのですね」

深海さんが耐えるように言った。

嘘でしょう？　やっと決意して、ここまで来たのに。

その事実に、絶望感が襲ってくる。

「ですが、まさか祖母の亡くなったこの季節に深海さんが訪れるなんて……。実は、お渡ししたいモノがあったんです」

そう言って、東吾さんが一度席を外す。その隙に私は深海さんに近づいた。

「雪さんと会う資格がないなどと、そんなことを考える前に、会いに来るべきでした」

深海さんが俯きながらポツリとつぶやく。いつもなら姿勢のいい深海さんの背筋も、今だけは愁いを背負って丸まっていた。

「深海さん……」

「意地を張るより、もっと大切なことがあったというのに」

その悲しみの重さに言葉を失う。なんて声をかけたらいいのか、わからなかった。

「目指すものを迷わず追いかけた結果、私は雪さんを失った。結局、私たちの時は止まったままなのですね……」

再び会うことを、きっとお互いに信じていた。だけど、もう二度と会えない場所に雪さんは逝ってしまったのだ。

「お待たせしました、これです」

東吾さんが戻ってきて、深海さんに金色の小さな鍵のようなモノを渡す。

「これは……」

「深海さんの持つ懐中時計の鍵です。他界する前に預かりました」

それを受け取ると、深海さんは大事そうに握りしめた。

「この懐中時計の鍵を見るのは初めてです」

「マスターの懐中時計は相当古いね。今のは大体、鍵なしのリューズ巻きで、そこでぜんまいも巻けるし、時刻も合わせられる」

空くんも珍しく驚いた様子だった。

深海さんが雪さんからもらった懐中時計って、そんなに古いんだ。

「その懐中時計は祖母の父の形見らしいです。私も実際に目にするのは初めてですが、祖母から聞きました」

「その形見を私に……なぜなのでしょう」

深海さんは戸惑うように東吾さんと懐中時計を交互に見つめる。

「よっぽど深海さんのことが大切だったのだと思います。そうだ、祖母に挨拶されますか？」

それは、仏壇に、ということだろう。

私たちは「ぜひ」とお線香をあげさせてもらうことになった。


「ゆっくりしていってください」

部屋に案内されると気を利かせてか、東吾さんが席を外す。

お線香をあげて、深海さんは遺影の中で微笑む雪さんをじっと見つめていた。

雪さん、キレイな人だな……。

タレ目で穏和そうな印象だ。目尻のシワを見ると、よく笑う人だったのだとわかる。

「遅くなってしまい、申し訳ありませんでした……」

深海さんは深く頭を下げる。

「このような大切なモノ、私には預かる資格なんてなかったのに」

そっと静かに、深海さんは金の懐中時計を仏壇に置いてしまった。

「深海さん!?」

「これは、雪さんの旦那様が持つべきモノでした。ずっと共に時を刻める方と」

「でも……」

雪さんの気持ちも確かめずに、本当に返してしまっていいのだろうか。といっても、確かめる方法はもうない。でも、このままじゃダメだと本能的に感じるのだ。

「それでも、深海さんに持っていてほしい気持ちは変わってないと思います！」

深海さんになんて伝えればいいのか、私自身の気持ちもまとまっていなかったからか、抽象的な表現になってしまった。

「ありがとうございます、来春さん」

その『ありがとう』には、あきらめと、私を心配させまいという気遣いがこもっていて、無力な自分に悔しさが込み上げる。

「でも、私を待っているはずありませんよ。むしろ、怖じ気づいて会いに来ないなんて意気地なしだと怒っているでしょう」

自嘲的に笑う深海さんに、私は大きく首を横に振った。

「違います！　鍵を孫の東吾さんに預けるくらい、深海さんのことを待ってたんですよ！　いつかきっと、深海さんが来てくれるって信じてたから!!」

思わず腰を浮かせ、身を乗り出す。

「でも、遅すぎたのです、なにもかも」

「そんな……」

「なんにせよ、雪さんの気持ちを知ることはもうできません」

私の言葉だけじゃ結局、想像になってしまう。どうしたら深海さんに笑顔を取り戻せるのだろう。

深海さんを助けて、とすがる思いでペリドットのペンダントを握った。

そんな時、拓海先輩がマスターの前に座った。

「忘れてないか、マスター」

「拓海くん？」

意味がわからないといったふうにきょとんとする深海さん。

「それからお前もだ」

拓海先輩の視線が、今度は私に向く。

「え、私？」

なんのことかわからなくて、一瞬ポカンとする。

すると、「なんで俺を頼らない」と拓海先輩は呆れたように言った。

「あ……鑑定だ！」

そうだ、拓海先輩がいる。この懐中時計に秘められた雪さんの想いを代弁できる人が。それに気づいた瞬間、暗闇の中に差し込む希望の光が見えた気がした。

「だけど、いいんですか？」

拓海先輩は、進んで鑑定をすることはない。最近は感謝されるたびに嬉しそうな顔はしていたけれど、もともとは自分の力を嫌っていた。それに以前、鑑定した後に少し体調が悪そうだったのも気になっていた。

「鑑定することで体に負担とか……」

「大丈夫だ、ここまで丁寧に扱われた懐中時計だからな、問題なく鑑定できる。それに、もう無関心でいたくない」

拓海先輩が噛みしめるように静かに告げる。

「俺を受け入れてくれた人たちには、特に」

「拓海先輩、それって……」

「大切な人たちのためになにかしたいんだ、俺も」

ずっと『理解されなくていい』と言っていた拓海先輩が変わったのだ、と気づいた。

無言で拓海先輩を見つめる。込み上げるのは喜びだった。

私はようやく彼の大切な人になれた。拓海先輩の内側に入ることが許されたのだ。

「俺にしかできないことがあるなら、なんでもやりたい」

「拓海先輩しか、いません」

まっすぐに伝える。この気持ちに曇りなどない。

「拓海先輩は、私たちの希望です」

「じゃあ、その期待に応えてやるよ」

初めて拓海先輩が不敵に笑った。その笑顔の力強さに心奪われる。

「マスター、知りたいんだろ」

「拓海くん……許されるのなら、私は知りたいです。雪さんがこの懐中時計を私に預けたことを後悔していないのか」

これから大きな運命に立ち向かうかのように、覚悟を決めた深海さんの真剣な瞳が拓海先輩をまっすぐに射抜いていた。

その決心を受け止めるように、拓海先輩は「わかった」とそれだけ言って頷く。

「……鑑定を、始める」

金の懐中時計と鍵を手に、拓海先輩は静かに告げた。

＊　＊　＊

俺はいつも、受動的だ。自分の意思などそこにはなく、他者に動かされるのをただ受け入れてきた。

それは……怖かったからだ。信じて裏切られて、人が遠ざかるあの絶望感を味わうのはもう嫌だった。自分で望んだモノが崩れ落ちていくほど痛みも大きくて、あんな思いをするくらいなら自ら望むのはやめようと、孤独になることを選んだ。

だが、来春に出会ってから変わった。忌々しいこの力が誰かの希望につながっているのを気づかされたからだ。あいつが俺を信じる心がまっすぐで、俺もこの力に意味があるのだとしたら信じたいと思った。

だから、失いたくない人たちのために俺ができることをやる。今度は俺が望んで、この力を使うのだ。

パラパラと暗い空へと吸い込まれていくエピソードたちをぼんやりと見上げる。

マスターの大切な思い出が綴られているだろう一枚の紙に、羽に触れるように優しく指先を乗せた途端、光に包まれ、俺はそっと目を閉じた。

次に目を開くと、白に統一された無機質な空間に俺はいた。

ここは……どこだ？

辺りを見渡すと、ベッドに【前園 雪】というネームが付いており、そこが病院の個室だとわかる。

『おばあちゃん、東吾だよ』

『おや、東吾、いらっしゃい』

少しだけギャッチアップされたベッドに横になっているのは、マスターくらいの年齢の女性だった。

雪さんは長い白髪を横で三つ編みに結い、優しい眼差しで東吾さんを見つめている。

東吾さんは今より少し若い気がした。

『東吾、私はもう長くないと思うの』

『おばあちゃん、そんなこと言わないで。これから一緒に旅行とか行こうよ』

部屋にはふたりだけ。雪さんは窓の外に広がる青空をゆっくりと見上げた。

窓は開いており、ここは二階だろうか。青葉をつけた木々の頭が見え、そこから降ってはやむを繰り返す蝉時雨《せみしぐれ》が聞こえてくる。

『東吾、私にはね、誰にも話していない秘密があるの』

『秘密って……おじいちゃんにも？』

その言葉に雪さんは『ふふふっ』と意味深に微笑んだ。

『東吾には特別に教えてあげるわね』

雪さんは首からかけていた紐《ひも》のようなモノを引っ張る。そして、手のひらに小さな金の鍵を乗せた。

あれはマスターの懐中時計の鍵だ。肌身離さず持っていたのか……。

『それは？』

雪さんの手元を、東吾さんは怪訝そうにのぞき込む。

『これはね、懐中時計の鍵なの』

『懐中時計？　そんなの、おばあちゃん持ってた？』

『私のお父さんの形見よ。でも今は、私の大切な人が持ってるの』

鍵を指で上から撫でる。その仕草は、マスターが懐中時計に対してする仕草と同じだった。それだけで、雪さんが今もマスターを大切に思っていることがわかる。

『おじいちゃん？』

普通なら東吾さんのように、雪さんの旦那だった祖父のことだと思うだろう。けれど、今雪さんが思い浮かべているのは別の人間だ。

『……いいえ、あの人のことは愛していたわ。だけど、あの人と出会うずっと前に恋した人がいてね。深海進さんという方なのだけれど』

やっぱり、と思いつつ、俺はふたりの会話を見守る。

『まだ好きなの？』

『好きなのには変わりないけれど、愛とは少し違うわね。愛しているのはもちろん、壮吾《そうご》さんだから』

『はは、仲よしだったもんね、おじいちゃんと』

だったって……過去形なんだな。それもそうか、壮吾さんはもうこの世にはいないのだから。

『ふふっ、そうね』

『それで、深海さんってどういう人？』

東吾さんは壁に立てかけてあったパイプ椅子をベッドサイドに置くと、そこへ座り興味津々に尋ねた。

『そうね……芯が強くて、夢をひたむきに追っていた人よ。そして、誰よりも慈愛にあふれた人』

『その人とは、どうして結ばれなかったの？』

『私のために、夢を捨てようとしていたからよ。あの人の重荷になりたくなくて、私から別れを告げたの』

下がった眉には寂しさも感じられたが、その顔はどこまでも澄み渡る青空のようにすがすがしい。

俺はマスターが話していた手紙のことを思い出す。『目指すものを迷わず追いかけて』。そう雪さんに言われたのだと。

『でもね、いつか夢を叶えて、あの人が迎えに来てくれたらって懐中時計を託したの』

『でも、おばあちゃんは……』

東吾さんが言いよどんだのは、雪さんが既婚者だったからだろう。迎えに来ても、共に行くことはできないから。

『ええ、壮吾さんと一緒になった。後悔はしてないわ、私が選んだことだから』

今までこうして鍵を持ち続けていたところを見ると、待てなかったわけじゃないんだろう。それ以上に、添い遂げたい人が現れてしまった。そして、選択したのだ。

人は限りある命を持つ生き物だから、その中で誰しも幸せになりたいと願う。その過程で選んだ道の正否は、他人がどうこう言えるものではない。

『でも、進さんのことは今でも待ち続けてるのよ。ただ、私に残された時間はもうわずか……。だから、東吾にお願いがあるの』

『まさか……』

東吾さんは自分に託される大きなものを悟ったようだった。

『もし進さんが訪ねてきたら、この鍵を渡してほしいのよ。それぞれの道を歩んでしまった私たちだけれど、あの日の想いはあせることなくこの胸に残ってる』

雪さんはそっと胸を押さえて目を閉じると、遠い日の思い出に心を馳せるように言った。

『でも、あの日々の思い出が、想いが……進さんを後悔で苦しめていたとしたら、止まったままの時間を動かしてあげたい』

そうか、雪さんは気づいていたのか。マスターが雪さんより夢を選び、そして会いに来なかった時間を後悔するかもしれないということに。

『そして今、大切に想う人と残りの時間を一緒に刻んでいってほしい。だから東吾、お願いね』

『おばあちゃん……わかった』

東吾さんは雪さんから壊れ物を扱うように優しく鍵を受け取る。

想いが、受け継がれる。その瞬間は厳かで、俺は大切な一瞬に立ち会った気持ちになった。

『壮吾さんは亡くなるまで、この鍵のことを追求したりしなかったの。だけどね、気づいていたと思うわ』

『そうなの？』

『前に言われたのよ、「君の過去も含めて愛している」と。だから私は、壮吾さんと人生を歩めて幸せだった。もちろん、進さんと刻んだ時間もすべてが私にとってかけがえのない宝物よ』

雪さんは本当に幸せだったのだ。その笑顔は晴れ晴れしく、まぶしい。

『ずっと、進さんの幸せを願ってるわ』

その声は部屋に差し込む昼下がりの太陽の光の中へ、静かに溶けていった——。

＊　＊　＊

「その懐中時計はマスターがいつか夢を叶えて迎えに来てくれたら、一緒に生きていこうと思って託したらしい」

鑑定が終わったのか、なにも映さない感情の凪いだような拓海先輩の瞳に、意思の輝きが戻る。そして、静かにそう告げた。

「ですが私は、雪さんに会いに行くのを恐れてしまった。他の誰かと幸せになっていたとしたら、私の存在は邪魔になってしまうと……」

「雪さんは壮吾さ……旦那さんと結婚しても、マスターのことを待っていた」

「え？　私のことを……ですか？」

深海さんが意味を問うように拓海先輩を見つめる。

「あの日々の思い出がマスターを後悔で苦しめているかもしれない。だとしたら、止まったままの時間を動かしてあげたい、だそうだ」

「だから、雪さんは最後まで私を待っていたというのですか？」

深海さんは驚きと悲しみが入り混じったような顔をしていた。

そんな深海さんに、肯定するよう拓海先輩が頷く。

「亡くなる前、自分に残された時間が少ないことを悟り、東吾さんに鍵を託した」

「雪さん……」

「今、大切に想う人と残りの時間を一緒に刻んでいってほしいからだ」

そこまでだった。深海さんがいつものように穏やかに、ピンと張った背筋で、完璧な老紳士でいられたのは。

「雪さん、あなたって人はっ」

ボロボロと大粒の涙が深海さんの頬を流れていく。

「あなたはいつも、私より何歩も先を歩いていましたね。私の心は、すべてお見通しだった……っ」

「マスター、雪さんはマスターと刻んだ時間も含めて宝物だと言っていた。そして、ずっと幸せを願っていると笑っていた」

拓海先輩の手が労るように深海さんの肩へ乗る。

「ふふ、雪さんらしい。自分の心は後回しで、いつも他者を優先してしまう。そんな優しい雪さんが、私は……っ」

その先は涙声に溶けた。

だけど、わかる。好きだったのだ、五十年経った今も変わらずに。長い時、たったひとりを想い続けた恋だったのだ。

「ありがとうございます、拓海くん。それから来春さん、空くんも」

深海さんはつらいはずなのに笑顔だった。いや、つらいからこそ笑い、悲しみを乗り越え、前を向こうとしているのだと思った。

「私の中には、雪さんと刻んだ時間が生きています。それは、私にとっても宝物です。

ですが、私には他にも大切に想う人たちがいますから……」

深海さんは胸ポケットからハンカチを取り出すと、それで涙をぬぐい、私たちの顔を見渡す。

「それは、みなさんのことですよ」

「深海さん……っ」

嬉しさのあまり、私はつい声を上げてしまう。

「来春さんが言ってくれましたでしょう？　私にはみなさんがいると」

「はい！」

それは、この家に入る前の話。

深海さん、覚えててくれたんだ……。私の言葉が少しでも深海さんの心を軽くできていたのなら嬉しい。

「みなさんと残りの時間を共に刻みたい。なので私は……この止まったままの時間を動かしたいと思います」

「懐中時計、動かす？」

空くんがちょこんと深海さんのそばに座り、首を傾げる。

深海さんは迷わずに、いつもの優しい微笑みを浮かべて頷いた。

「はい、もう決めました」

「これ、鍵で逆時計回りにゼンマイを巻き上げれば動くよ。時間は表の文字盤のカバーで合わせられるから」

空くんは笑って答えた。その言葉には、マスターの決断を応援する気持ちがこもっているような気がした。

「マスター」

拓海先輩が懐中時計と鍵を深海さんに渡す。

深海さんは「ありがとうございます」と言って受け取り、鍵でゼンマイを回した。

すると、コチッ、コチッと、止まったままの時計の針が時を刻み始める。

「ああ、動きだしたのですね。ようやく、私たちの時間が……」

雪さんも心のどこかで、過去に囚われていたのかもしれない。だからこそ、後悔が思い出に変わる瞬間をずっと待ち続けていたのかな。

私は晴れた顔で微笑む深海さんを見つめる。そして、深海さんの歩む道が雪さんの願った幸せに満ちているといいな、と願った。

日帰りで京都へ行ってから二日が経った。

深海さんは落ち込んだ様子もなくいつもどおりで、変わらないおいしいコーヒーを淹れては私たちを幸せな気持ちにしてくれていた。

「お腹空いた」

「もう十二時だからな」

お腹を押さえる空くんに、拓海先輩が賛同する。その絶妙なタイミングで、深海さんがカルボナーラを運んできた。

「お昼にしましょうか」

いつものように、ひとつしかないテーブルに椅子を並べ、みんなで昼食を食べる。これが、私たちの日常になっていた。

「あ、そうだ！」

私は今がチャンスと思い、昨日みんな宛に綴った手紙をポケットから取り出す。

「私、みんなに手紙を書いてきました！」

突然の報告に、この場にいた全員が『なんで？』みたいな顔をした。

そんな疑問の視線を無視して、まずは笑顔で受け取ってくれそうな深海さんに手紙を差し出す。

「これは深海さんです！」

深海さん、いつもおいしいコーヒーとまかないをありがとうございます。

書いた手紙の内容を思い出す。

なにかくれるから感謝しているわけじゃない。深海さんは私たちの潤滑剤。優しく見守ってくれる深海さんにいつも救われてますってことを伝えたかったのだ。

「ふふ、嬉しいですね。ありがとうございます」

深海さんは宝物を包み込むように両手で手紙を受け取ると、目尻の笑いジワを深めて丁寧に頭を下げた。

「ワンッ！」

『僕にはないのか』と言わんばかりに吠えるクラウンに、私はあるモノを贈呈する。

「クラウンは手紙が読めないから、これね」

お皿に犬用ケーキを入れてあげた。もちろん、日頃の癒しに感謝を込めて、だ。

「次は、空くん」

隣に座る空くんに手紙を渡す。

空くんは年下なのにしっかり者で、リペアのことなら誰にも負けない。そんな空くんのことをこれからも頼りにしてるよ。

「ん、でも、なんで手紙？」

空くんは不思議そうに受け取って、理由を尋ねてきた。

「ほら、携帯だとポチポチッてすれば文字も打てちゃうし、メールもすぐに相手に届いちゃうじゃない？　でも、今回の一連の出来事で気づいたことがあるの。携帯があるといつでも誰かとつながれる分、逆に明日でもいいかって、伝えたいことを後回しにしちゃうと思うんだ。そうしているうちに、その時の気持ちが薄れちゃう気がして」

「そうですね、言わずに消えていった想いもたくさんあったのではないでしょうか」

深海さんが納得したように頷く。

「それに、絵文字とかスタンプって、なんとなく本心をごまかせるし、なんか薄っぺらいなって」

雪さんが深海さんに贈ったのは、手紙と金の懐中時計。たったふたつのモノが五十年もの長い年月、ふたりをつないだ。

「だからね、私も日頃の感謝を自分の手で綴った手紙で伝えたかったの！　そのほうが気持ちも伝わる気がして」

「単純なヤツだな」

拓海先輩の冷たさは、通常運転だった。

「えーっ、拓海先輩にも心を込めて書いてきたんですよ!?」

落ち込んでいると、向かいに座る拓海先輩が「……ん」と私に右手を差し出す。

「え？」

この手はカツアゲですか？

そうとしか思えない鋭い目つきに、私は椅子に座りながら身を仰《の》け反《ぞ》らせた。そして、差し出された手を凝視する。

「手紙をもらってやるって、さっきから言ってる」

「言ってませんよ、ひと言も!!」

相変わらずわかりづらい。でも、出会いたての頃なら絶対もらってくれなかっただろうし、気を許されているように思えて私は嬉しくなった。

「はい、拓海先輩っ」

拓海先輩へ。今回、あなたが大切な人には無関心な自分でいたくないって言った気持ち。それは私が拓海先輩と出会った頃に抱いていた気持ちと同じです。あなたの内側の存在でいたい。そう思っています。

「……おう」

やっぱり受け取ってくれる。

あれこれ言いながらも手紙を大切そうに両手で持ち直した拓海先輩を見て、「ふふっ」と笑みがこぼれた。

「おい、笑うな」

「無理です〜っ」

だって、本当に嬉しいんだもの。引きしめようとしても徐々にゆるんでしまう顔は、もう自分ではどうしようもないのだ。

「来春、今すぐそのニヤケ顔をなんとかしろ」

「嫌です～って、あれ？　今、私の名前呼びました!?」

え、聞き間違い？　いや、絶対聞こえた！　前にリィの依頼を受けた時もサラッと私の名前を呼んでくれたのに、本人にはごまかされちゃって。それ以来、『来春』って拓海先輩が言ってるの、聞いたことないんだよね。

「さあな」

「出た！　拓海先輩の『さあな』。今度はバッチリ聞きましたからね！」

拓海先輩の『さぁな』は単なる照れ隠しで、肯定してるも同じ。やっと拓海先輩と他人じゃなくなったのだと思うと、幸せでたまらない。

どんなに悪態をついても、私は拓海先輩の不器用ながらに優しいところ、知ってますからね。だから……これからもよろしくお願いします！

Menu 5

わらべ歌と秘密箱

「え、空くん、あさって誕生日なの!?」

二階の空くんの部屋、兼作業室に私の声が響く。

それは、夏休みも中盤にさしかかった八月中旬のお昼頃のこと。

六畳の部屋に、壁一面工具の山。いつ崩れ落ちてくるかわからないので、今度こっそり掃除してしまおうと作戦を練っているところだった。

リペア作業をしている空くんに紅茶を持ってきた私は、窓際にぴったり付けられた机にカップを置くと、なんとなく空くんと立ち話をした。

その会話の中で、空くんが年齢の割にはしっかりしているという話になり、あさって九歳の誕生日を迎えることを知ったのだ。

「なんで言わないの!」

「別に、言うほどのことじゃないし」

何事もなかったかのように工具の手入れを始める空くんに叫んでしまう。

「いやいや、盛大にアピールしないと!」

私なんか誕生日の一カ月前からソワソワしてるのに……って、私の話はいいとして。

空くんは、あまり自分のことを話さない。そんなことはわかっていたはずなのに、うっかりしていたなと頭を抱える。

こんなことになるなら、全員の誕生日を前もって調査しておくべきだった。

空くんへのプレゼント、なににしよう。空くんは精神年齢がかなり高いので、普通の小学三年生がもらって喜びそうなプレゼントでは通用しない気がする。

できれば誕生日会も開催したいけど当日は家でもやるだろうし、無理だろうなぁと思いつつ、遠回しに聞いてみることにした。

「じゃあ、誕生日の当日はお家でお祝い？」

「そんなのしたことない」

「……え？」

歳を取れば自然となくなるであろう習慣なのかもしれない。でも、大々的でなくともプレゼントをあげたり、なんらかの形で誕生日は祝うものだと思っていた私には、少し衝撃だった。

空くんは、祝われたりする経験がないのだろうか。そう思ったら、やるせない悲しみに胸の内を支配された。

「親、ふたりとも医者だから」

「ええっ、じゃあ忙しいんだね」

「僕に興味ないんだと思うよ。マスターに預けられるまでは、世話はシッターに任せっきりだった」

まるで気にしていないみたいに、他人行儀な言い方。こういうところ、空くんは拓海先輩に似ている。時折、その無表情の中に寂しさがチラついて見えるのだ。

「あのさ、空くんってどうしてマスターと暮らしてるの……とか、聞いてもいい?」

「それ、もう聞いてる」

「あはは、ごめん」

確かに遠回しに質問しているようなもんだ。気を悪くさせただろうかと申し訳なく思っていると、「別にいいよ、来春なら」と言ってくれた。

「空くん、ありがと」

「別に、お礼を言われるようなことじゃない」

空くんも初めて会った時に比べて、随分気持ちを話してくれるようになった。懐かなかった猫が懐くって、こういうことかな?なんて考える。

「僕、機械とか分解したり、組み立てたりするのが好きだったんだ」

組み立てるのはよしとして分解って、どんな小学生だ。そうツッコミたくなる衝動を抑えて、「変わってるね」と当たり障りのない返事をした。空くんの話に茶々を入れて、想いを話そうとしてくれるせっかくの機会を壊したくなかったからだ。

「構造が気になるんだ。だから、よく部屋の目覚まし時計とか分解して……」

「うん」

「簡単に止められないように、逃げ回る時計に改造したり……」

……ん？

これまでの流れどおりに頷こうとして、頭の中でなにかが引っかかった。

「待って空くん、いろいろ気になるんだけど!?」

目覚まし時計になにをしたんだろう。というか、独学でそこまでできるものなんだろうか。いや、天才児である空くんならできる気がする。

「でも、一度だけお母さんとお父さんの結婚指輪を直したことがあって、それをすごく喜んでくれたんだ」

拓海先輩に負けないくらいに乏しい空くんの表情が、幸せそうにゆるむ。

大切な思い出を話してくれているのだと思ったら私まで嬉しくなって、気づけば笑みが浮かんでいた。

「ふたりの笑顔が忘れられなくて、リペアを独学で始めたんだ」

それが、空くんがリペアを始めたきっかけか……。知ったんだ、自分の力で大切な人に喜んでもらえる幸せを。誰かに認められる居場所を見つけたような安心感を。

「でも、ふたりは忙しいから、僕は結局ひとりで……。だからマスターが遊びに来てくれた時に言ったんだ、マスターのところにいたいって」

「ふたりは親戚なんだもんね」

拓海先輩も波瀾万丈《はらんばんじょう》だけど、空くんも同じくらい複雑な家庭環境の中で育ったんだなと、胸が痛んだ。

「うん。マスターだけは僕の話を楽しそうに聞いてくれたし、一緒に遊んでくれた。だから、シッターに預けられるくらいならマスターのところにいたいって思ったんだ」

そうだったんだ……。私の家とは全然違うな。

私は普通の家庭に生まれて、ケンカもするけれど家族とテレビを見たり、学校での出来事を愚痴ったり。このなにげない毎日が幸せなことだったのだと気づかされる。

だって私は、家にいて寂しいと思うことはなかったから。

「だから、僕には誕生日を祝ってくれる人なんていないんだよ」

「空くんっ！」

たまらず空くんを抱きしめた。

「来春？」

空くんの寂しさが流れ込んでくるみたいに伝わってきたから、少しでもこの孤独感が和らげばと、その小さな体を両手で包み込む。

「空くんっ、空くんっ、空くんっ！」

痛いの痛いの飛んでいけ。そんなおまじないが本当に使えればいいのに。

「え、なに……」

ヒシッと抱きつく私をどうしていいのかと戸惑っている様子の空くん。

そんな私たちの後ろから、「……お前ら、なにしてるんだ」と困惑したような声がかかる。

部屋の入口を見れば、得体の知れないものを見たような顔でこちらを見る、拓海先輩が立っていた。


「それで、依頼は？」

テーブル席には四十代くらいの男性と高校生くらいの男の子が横並びに座っており、その向かいに拓海先輩が腰かけていた。

先ほど拓海先輩が私と空くんを呼びに来たのは、お客さんが来たことを知らせるためだった。

飲み物はすでに出してくれていて、私は深海さんと一緒にカウンターキッチンから彼らの様子を見守っていた。

「ワフッ」

「静かにしてないとダメだよ、クラウン」

カウンター席に座る空くんに叱られたクラウンは甘えるようにその足に擦り寄った。

クラウンと空くんのツーショット、かわいい。

そんな場違いなことを考えてニヤニヤしていると、「依頼人はどっち」と拓海先輩は年配の男性に声をかけた。

男性は三日月のように細い目をしており、シャツのボタンの隙間から見えるでっぷりとした腹、うっすらとハゲた髪に汗の不快な匂いを漂わせた、中年のオヤジを絵に描いたような人だった。

「あ、いえ……私は時雨《しぐれ》の付き添いです」

年配の男性が、拓海先輩に向かって『違う』とばかりに首を横に振った。

「すみません、依頼したいのは則之《のりゆき》さんじゃなくて俺です！」

則之さんの隣に座る『時雨』と呼ばれた男の子のほうが慌てて手を挙げた。

時雨くんは色素が薄いのかブラウンに近い髪色をしており、猫のような癖毛だ。ハキハキしていて、浮かぶ笑顔に明るい印象を受ける彼は、水色のチェックのシャツにジーパン姿で、どこか清潔感を感じさせる好青年だった。

でも、このふたりは親子だろうか。それにしてはどこか他人行儀だし、似てない気がする。でも顔が似てない親子だっているし、一概には否定できない。

「これ、なんですけど」

時雨くんは手のひらに乗るくらいの、赤麻柄の箱を机の上に置いた。和風なのにアンティーク調の鍵穴がある、不思議なデザインだ。

「これ、両親の形見なんです。でも、鍵なんて預かった覚えがなくて、どうにかして開けたいんですが……」

「両親？」

則之さんがてっきりお父さんだと思っていた私は、つい声を上げてしまう。

『いちいちうるさい』。そんな意味のこもったお決まりのブリザード光線が、拓海先輩から放たれたのは言うまでもない。

「あ……俺は二年前、高校一年生の時に則之さんに引き取られたんです」

二年前ってことは、拓海先輩と同い年？　そもそも、引き取られたってどういうことだろう。

「私は時雨の母親の弟なのですが、亡くなってすぐの頃はうちも経済的にきつくて。お金の目途《めど》がついてから、時雨を施設から引き取ったんです」

「あぁ、そうだったんですね」

人がよさそうに笑う則之さんに笑顔を返そうとした時だった。「お金の目途……」と暗い表情でつぶやく時雨くんに気づいた。

あれ、どうして……？

今の間に、時雨くんの気に障るような会話があっただろうかと考える。

無言で唇を噛み俯いた時雨くんに、家族の死を思い出しているのかもしれないと勝手に想像した私は、胸が締めつけられるようだった。

「本当の両親は、時雨が中学一年生の時に飛行機事故で亡くなったんです。その形見がこれでして……どうか時雨の願いを叶えてやってください」

時雨くんのために頭を下げる則之さんは、どこからどう見てもいいお父さんだった。

血のつながりはなくとも本当に大切に思っているのだろう。

でも時雨くんはまだ、新しい家族に慣れないのかもしれない。本当の両親の死を受け入れられないゆえに思い詰めているのかもしれないと思った。

「…………」

「おい、なにか言いたいことがあるのか？」

拓海先輩にはなにか言いたそうに見えたのだろうか。黙ったままの時雨くんに、珍しく依頼以外の話題で声をかけた。

「……いえ。この箱、開けられますか？」

時雨くんは顔を上げ、首を横に振って曖昧に笑った。

気になることでもあるのか、その顔を拓海先輩はじっと見つめる。でもすぐに視線を外して、カウンターに座っていた空くんを振り返った。

「空」

「わかった」

ふたりの間に会話らしい会話はなかったはずなのに、なぜか以心伝心している。もはや引きこもりにしかわからないシンクロ率だ。

「僕がピッキングしてみる」

そう言って、空くんは部屋に工具を取りに行った。

「ピッキングまでできたんだ……」

「空くんにできないことはありませんからね」

思わず私がつぶやくと、マスターが自慢げに笑った。

それにしても、度がすぎてませんか。あ、でも、目覚まし時計の改造とかしてたって言ってたし、できても不思議じゃないのか？

私は首をひねりながら、ああでもない、こうでもないと自問自答する。

「貸して」

「あ、はい！」

空くんが工具を手に戻ってくると、さっそく時雨くんから箱を受け取り、鍵穴に細い棒みたいなものを入れてカチカチと動かし始めた。

「んん？」

作業をしながら空くんは不意に首を傾げる。

「おかしいな。これ、鍵穴にしては少し浅い」

その時、ガチャッと鍵が開いたような音がした。

「あ、開いたのか⁉　貸してくれ‼」

そう言ったのは時雨くんではなく、まさかの則之さんだった。空くんの手からぶん取るように箱を手に取ると縁に指を引っかけて無理やりこじ開けようとする。しかし、箱はどこを触ってもビクともしない。

「どういうことだ、開いてないじゃないか！」

先ほどの温厚な雰囲気は微塵もない。則之さんは人が変わったかのように、怒りに震えながら空くんを睨みつける。

「っ、僕は……」

則之さんの威圧感に、空くんがおびえたように後ずさった。

クラウンが空くんを守るように前に出て、「グルルルッ」と威嚇する。滅多に怒らないクラウンがうなるのは初めてのことだった。

空くんをかばわなきゃ。そう思ってキッチンから飛び出した私は、「子供のお願いひとつに、やけに必死だな」と言う拓海先輩の皮肉めいた言葉に足を止めた。

「な、なにを言ってるんだ？」

「あんたは、この箱の中身を知っているのか？」

射るように鋭い拓海先輩の視線が則之さんに向けられる。それに則之さんが息を呑んだのがわかった。

「い、いや知らないが……」

「もしくは、予想がついている」

動揺している則之さんに、拓海先輩が追い打ちをかける。

なにそれ、どういう展開？

困惑しながら拓海先輩を見れば、確信しているような迷いのない瞳で則之さんを見据えていた。

「わ、私は子供のためを思ってここへ来たんだ。知ってることがあるならとっくに話してる!!」

「まあいい」

則之さんがなにかを隠しているのは、ムキになるあたり誰から見ても明白だった。

彼の言い分に、拓海先輩は興味を失ったのかシカトする。

「俺がすべきことは、たったひとつだ」

拓海先輩は、静かに時雨くんの目の奥をのぞき込む。真意を見透かすような黒曜の瞳に、時雨くんは緊張している様子だった。

「お前の知りたいことは、箱の開け方でいいな」

「は、はい……」

拓海先輩に言われ、時雨くんがコクリと首を縦に振る。

に乗せた。

「了解した。おい、それを寄越せ」

相変わらずの横暴な物言いで、拓海先輩は則之さんの手から箱を奪うと、両手の上に乗せた。

「チッ、態度が悪いな」

則之さんが拓海先輩を睨んで、吐き捨てるように言う。

それを痛くもかゆくも感じていない拓海先輩は則之さんを一度も眼中に入れることなく、ついに冷徹なひと言を放った。

「ピーチクパーチクうるさい。黙ってろ。それができないなら即刻、店から出ていけ」

「なっ……なんだと!?」

口を金魚みたいにパクパクさせる則之さん。

私は心の中で、『拓海先輩、ナイス！』とガッツポーズをした。お客さんへの態度としてはかなりのマイナス点だが、空くんを怖がらせた借りもあったので、拓海先輩のブリザード対応にスッキリする。

「君、私たちは客で……っ」

まだ文句を言いそうだったので、私も拓海先輩をまねて、「お客様、鑑定中はお静かに！」とブリザード対応を御見舞してあげることにした。

「なにっ!?」

店員たちの信じられない態度に、則之さんは目を白黒させている。

なんか私、だんだん拓海先輩みたいになってきたかも。いつかブリザード光線、私も目から出せるようになるかな……なんて、則之さんの抗議も完全にフェードアウトしてそんなことを考えた。

不意に、空気が静かに澄んでいくのを肌に感じて、私は反射的に拓海先輩の方を見る。拓海先輩はすでに箱を手にして、神経を集中させているところだった。

そして、始まりの声が喫茶店に響く。

「鑑定を、始める――」

＊＊＊

いつものように、俺は依頼人のエピソードに触れる。

すると、視覚より先に聴覚に働きかけるなにか……。

『横横、板は五、下に』

歌のようなものが聞こえた。

光が晴れて視界がハッキリすると、夕日でセピア色に染まる縁側で、曇りのない宝石のような瞳が印象的な四十代くらいの女性と今より少しばかり幼い時雨がこちらに背を向けて座っているのが見える。

『全員そろってさぁ左』

聞いたことがない歌だと思った。

でも曲調は昔のわらべ歌のようで、すぐに耳になじむ。

『もう一度全員さぁ右に』

それに呼応するように、庭の木に止まっているのだろうひぐらしも『カナカナカナ』と歌う。ひぐらしは朝と日没に鳴くので、日没が近いのだろうと悟った。

『秘密のお箱がさぁ開くよ』

『母さん、それはなんの歌？』

興味津々に尋ねる時雨に、母親はとっておきの秘密を明かすかのように意味深に微笑んだ。

『これはね、時雨と時雨の大切な人のために贈る鍵なの』

『母さん俺、歌のことを聞いたんだよ？』

『えぇ、だから答えてるじゃない』

我が子より無邪気に微笑む母親に、時雨は困ったように頭を掻く。

『時雨、ちゃんと母さんの歌、覚えとくんだぞ』

そんな時雨の頭を、ひょっこり現れた父親がワシャワシャと撫でた。

母親と同い歳くらいだろう。パリッとした白いワイシャツにジーパン姿で、色素の薄い髪色や整った顔立ちは時雨に似ているなと思った。

『無茶言うなよ、長すぎてもう忘れたって！』

『よーし、耳にタコができるまで、父さんが歌ってやるからな、はは！』

豪快に笑って時雨の髪を掻き回す父親に、どちらが大人かわからない。けれど、時雨もどこか楽しげで、俺にもそんな父親がいたらと少しだけうらやましく思った。

『って、頭触るなよっ』

『横横、板は五、下に～。いいじゃないか、かわいがってやってんだぞ』

『余計なお世話だ、さっさと仕事の準備しろよな！　明日から上海《シャンハイ》に行くんだろう？』

頭を撫でようとする父親の胸を、ふざけ合うようにして押し返す時雨。

どこからどう見ても、仲のいい親子だった。恐らく、飛行機事故で両親を失うまでは誰もがうらやむ生活を送っていたのだろう。

だが今は、幸せな家庭とは言えなさそうだった。あの義父からは、欲にまみれた嫌な匂いがプンプンする。

『あぁ。よし、宝石の仕入れのついでに、頭がよくなる漢方でも買ってきてやるぞ～』

グリグリと時雨の頭を拳で挟む父親。

宝石の仕入れ……。目利きが確かなら、品質のいい宝石を集められるバイヤーはジュエリー業界から引っ張りだこで、年収一千万超も夢じゃない。それだけでなく、宝石自体を所有していれば、ひとつ何十万、何百万単位の価値を持つモノもあるため、時雨の相続財産は大きいだろうことが予測できた。

だから時雨を引き取ったのか、とひらめいた。そう考えると、あの箱の中身は相当値の張るモノだと容易に想像がつく。あの義父の必死さにも納得がいった。

『なっ、そんなバカじゃない！』

『ふふっ、時雨はお父さんにそっくりよね』

時雨と父親を見比べた母親は、愛しい存在に向ける温かな眼差しでくすりと笑う。

これから訪れる未来を知っているからだろう。俺にはこの光景が、なぜだか切ないものに思えてならなかった。

幸せと悲しみの対比、それはあまりにも……残酷だ——。

＊＊＊

「時雨、お前はこの箱の鍵について聞かされているはずだ」

「なんだと？　時雨、知っていて黙っていたのか!?」

話に割り込むようにして怒鳴る則之さんを拓海先輩はチラリと一瞥《いちべつ》した。

「お前は黙っていろ」

「ななっ」

そして、本日二回目の発言禁止令が拓海先輩から発動された。その額には青筋が浮かんでいて、イライラしてるのか貧乏揺すりまでしだしている。重症だ。

「でも俺、心当たりなくて」

首を傾げる時雨くんに、拓海先輩はポツリと「わらべ歌」とつぶやいた。

「お前の両親は、わらべ歌のようなものを歌っていた。それが、お前とお前の大切な人のために贈る鍵だと」

「あっ……。横横、板は五、下に」

突然、時雨くんが歌いだした。どこかで聞いたことがあるような、懐かしさを感じる歌。まったく知らない歌詞なのに記憶の中で引っかかるのは、昔ながらのわらべ歌が日本人の心に根付いているからかもしれない。

「全員そろってさぁ左、もう一度全員さぁ右に、秘密のお箱がさぁ開くよ」

でも、この歌って……。

「なんの歌？」

私は率直な疑問を口にする。歌詞の意味がまったく想像できないのだ。

「それは、この箱をもらった時に教えられた歌です」

時雨くんは、懐かしむように拓海先輩の持つ箱を見つめている。その眼差しは、もう会えない家族への悲しみと愛しさを含んでいた。

「それこそ、耳にタコができるくらい。でも、それがなんの意味があるのか……結局最後まで教えてはもらえなかったんです」

「そうだったんだ……」

その最後は、突然やってきてしまった。だから、声なき声を求めて時雨くんはここへ来た。常人には見えぬモノ、聞こえぬモノ、それを感じることができる拓海先輩に会いに。

「わらべ歌に開かずの箱……鑑定だけではわからんな」

腕を組んで天井を仰ぐ拓海先輩の眉間には、深いシワが刻まれている。

「ふんっ、結局子供だましだったのか」

則之さんのバカにするような言い方に、拓海先輩はピクリと眉を動かした。

「そこのピッキングしたガキも君も、なにもできないんじゃないか。最初からおかしいと思ってたんだ、アンティークに宿る記憶、想いを読み解きます？　子供だましもいいとこ――」

そこまでが我慢の限界だった。ふたりのこととなると、私は短気になるらしい。

「あのですね!!」

私は則之さんに大股で近づくと顔をズイッと近づけて、凄みながら声を張る。

「まず！　空くんのピッキングでも開かない鍵なんて、この世で他の誰にも開けられません!!」

「は……なんなんだ、急に」

「うちの天才リペア師ですよ!?」

私の勢いに、則之さんが若干引いてるのはわかった。これじゃあ、拓海先輩の接客うんぬんを責められない。

「それから、拓海先輩の力を疑うのは一億歩譲って我慢する」

「一億……それ、全然譲ってないよ、来春」

空くんのそんなツッコミが飛ぶ。

本当は許せない、許したくない。だけど、私も拓海先輩のことを知らなかったら、きっとこの人と同じだったかもしれないと思ったから、〝そこだけ〟は譲るのだ。

「だけど、ここへ来たのはあなたの意思です！　自分の決断の責任を拓海先輩になすりつけないでください!!」

「なっ、なにをムキになってるんだ、君はっ」

「ムキ？」

則之さんは、私がバカにされたからムキになっているとでも思っているのだろうか。

そういうんじゃない、この人はなにもわかってない。

「あなたのなにげないひと言が、見えない傷跡を深くえぐることだってあるんです」

空くんも拓海先輩も、傷つくことに慣れすぎている。とても深い悲しみを知っているから、普通なら言われて痛い言葉も、これくらいなら軽いと麻痺《まひ》してしまうのだ。でも本当は痛いはずだ、泣きたいはずだ。見ないふりをしているだけで、自分を卑下してしまうほどに本当は……傷ついているのに。

「知らないのはしょうがない。でも……それを理由にしちゃいけない。私たちの言葉は常に誰かを傷つける刃《やいば》かもしれないって、忘れちゃいけないっ」

これは、自分に向けた言葉でもある。

私も、知らずに拓海先輩を傷つけたことがあった。〝気持ちがわからない、冷たい人だ〟と。でも、これからは私がふたりを守ると決めたのだ。

「お前、頭おかしいのか⁉」

だけど、伝わらない。

「客に怒鳴るなんて、どういうつもりだ！」

則之さんが私に向かって手を振り上げた。それを避けるだけの余裕は今の私にはなくて、ギュッと目をつむる。

「ワウッ‼」

クラウンが私のために怒ってくれてるな。そんなことをどこか他人事のように考える。でも、いつまでたっても訪れるはずの痛みは来ず、代わりにパシンッと乾いた音が耳に届いた。

「……どういうつもりか、と言ったな」

恐る恐る目を開くと、拓海先輩が則之さんの振り上げた手首を掴んでいた。

もしかして、助けてくれた？

そんな拓海先輩の行動に、胸がキュンとしてしまう。

「それはこっちのセリフだ。この手の意味を説明してもらおうか」

いつも以上に背筋が凍りそうなほど冷たい声で拓海先輩が言う。

「こ、これは、その女がっ」

「客だろうが、店員に手を上げていい理由は微塵もないと思うが」

「それはそうだけ……痛たたたっ、は、離せ!!」

拓海先輩が掴んだ手に力を込めると、則之さんの顔は痛みと恐怖にどんどん歪んでいった。

「まだわからないか。俺は心底腹が立っている」

「言っとくけど、僕もこれで殴りたい気分」

空くんが掲げるのは、どこからか取り出したスパナだ。

それで撲殺するつもり？

いい加減、かばわれている私が仲裁に入るはめになりそうだと頭を悩ませていると、ふとうちの救世主の存在を思い出す。

「あ、そうだ！」

最後の頼みの綱、深海さんがいるではないか。

私がすがるような思いでカウンターを振り返ると……。

「知っていますか？　毒って身近なモノで作れるのですよ」

「……え、毒？」

今、深海さんの口から聞いてはいけない言葉を聞いた気がした。

いやまさか、深海さんに限って毒とか……盛るわけないじゃん。

私は聞き間違いだと自分を説得する。

「蜂蜜です。蜂蜜を加熱すると、アーマという毒素に変化するのですよ」

カウンターにいたはずの深海さんが〝笑顔〟でコーヒーを運んできた。

私は言葉を失って、白い湯気を立たせたコーヒーが則之さんの前に差し出されるまでを目で追う。

「熱々の蜂蜜ミルクコーヒーです。召し上がれ」

深海さん、怖っ！　わざわざ〝熱々の〟と言うあたり、悪意がある。

「の、飲めるか!!」

湯気の立つコーヒーからおびえたように距離を取る則之さんに、少しだけ同情した。

深海さんの笑顔の圧力がすごい。深海さんのコーヒーは世界一だけど、これは飲んだら最後、永遠の眠りにつきそうだ。

「それに、俺の依頼人はそこの時雨だ。お前じゃない、下がっていろ」

凍りつきそうなほどに冷めた瞳で則之さんをじっと睨む拓海先輩に、則之さんがゴクリと唾を飲んだのがわかった。

「なんなんだ、この店はっ。帰るぞ時雨!」

怒ったように荒々しく立ち上がった則之さんは、座っている時雨くんを見下ろした。

だけど、時雨くんは動かなかった。

「則之さん、俺……これだけはわがままを言わせてください」

「なに?」

則之さんは片眉を吊り上げると、煩わしそうに時雨くんへ視線を落とす。

「可能性はひとつもあきらめたくありません。だって、俺しか知らない歌のこと、この人はわかっていました」

時雨くんは拓海先輩を見ながら何度も自分の気持ちを確かめるように頷いて、言葉を続ける。

「たぶん、拓海さんにしか解き明かせないと思うんです」

「お前……こっちが目をかけてやってるのに、図に乗りやがって……」

「すみません。今回だけお願いします！」

頭を下げた時雨くんに、則之さんは「勝手にしろ」と喫茶店を出ていってしまう。

「なにあれ……」

いいお父さんだなんて思ったのが間違いだった。図に乗るなって……時雨くんはただ、お父さんとお母さんの残した形見の中身がなんなのかを知りたいだけだ。

「父親なのに、目をかけてやってるってなに？」

家族は、無条件の愛でつながっているから家族なのに。誰が優位に立ってるとか、損得感情で成り立つものじゃない。

「時雨、お前の家は宝石関連の仕事だな。上海に飛ぶあたり、バイヤーか？」

鑑定でなにか見たのか、拓海先輩の言葉に迷いはない。

拓海先輩の切り込むような質問は、核心を突いていたのだろう。時雨くんは驚きと若干の戸惑いをその瞳に映していた。

「はい、ついでに言うと宝石店を経営していました」

「その店は、今どうなった」

「……っ、ありません」

時雨くんの声は震えていた。悔しそうに噛む唇、それでいてあきらめたように伏せられたまつげに、まさかと嫌な予感がした。

「店も宝石もすべて、則之さんに売られてしまったので」

「そんなっ、ひどい!!」

だって、その財産は時雨くんに残されるべきものだ。なのに売られたって……そんなことが許されるの？　もしかして、お金の目途がついたって話も時雨くんの財産のことだったのだろうか。

考えれば考えるほど、行き場のない怒りが沸いてくる。

「でも、俺は施設の子供だから。従わないと、また孤児になります」

「だから、則之さんの言うとおりにしてるの？　時雨くんの意思は尊重されないの？」

時雨くんに初めて会った時、明るい男の子だなと感じていた。だけど、その笑顔の裏にあるのは、深い深い闇だったのだ。

「つまり、あの父親が施設からお前を引き取ったのは……」

「お金……のためでしょうね」

時雨くんの悔しさをにじませた顔は、すぐにあきらめにも近い笑みに呑み込まれる。

やっぱり、そうだったんだ。両親を失っただけでなく、ここまで人をどん底に落とすのか、神様は。そう誰かを責めずにはいられないほどに、時雨くんの人生はあまりにも棘《いばら》の道すぎる。

「この箱が開いたとして、中身が高値のモノだったとする。それをあの義父に『渡せ』と言われたらどうするつもりだ」

「……渡すと思います。それで、今の居場所を失わずにいられるのなら」

本当はそうしたくない。そんな顔をしているのに、そうするしかないのだと時雨くんは自分に言い聞かせているようだ。

形見も売られちゃうかもしれない。それでも、時雨くんは手放すというの？

「なら、帰れ。これ以上、協力するつもりはない」

拓海先輩はきっぱり断ると、席を立つ。

「な、なんでですか!?　俺はこのままじゃ帰れません!!」

「簡単に手放せるくらいのモノなら、俺の力なんか必要ないだろ。箱を叩き割るでもなんでもして、あの義父に差し出せ。さぞ喜んでお前を褒めるだろうな。上っ面の偽物の言葉で」

拓海先輩は、刺々しい言い方で時雨くんを罵《ののし》った。

「簡単に手放せる!?　あなたに、俺の気持ちなんてわかりませんよ!!」

時雨くんが血を吐きそうなほどに叫ぶ。痛いという気持ちが肌に刺さるみたいに伝わってきた。

「いい子で、従順でいないと捨てられるかもしれないんですよ!? そんな惨めな孤独を、あなたは知らないからっ……」

「わかりたくないな、お前の気持ちなんて」

「失礼しました、帰ります！」

時雨くんは感情を押し殺すようにそう言って勢いよく席を立つと、箱を手に喫茶店を出ていってしまう。

「もう、拓海先輩ってば」

不器用な人だなと呆れつつ、私の口元には笑みも浮かぶ。

今までの拓海先輩なら、こんなふうに依頼人に深入りして意見なんて絶対言わなかっただろう。でも、拓海先輩は変わったのだ。

誰かの内側に一歩入って、少しでも力になりたいと思ってくれているのだと思うと、私の心はこんなにも喜びで満たされる。

「……責めたきゃ責めろ」

ぶっきらぼうに言いながらも、落とされた視線は寂しげで。あぁ、やっぱりこの人も傷を抱えたままなのだと胸が締めつけられた。

昔の私なら、なにも知らずに責めていただろう。だけど今は、その言葉がどんな想いで、どんな過去から出たのかがわかる。

「え？　責めませんよ、別に」

拓海先輩の罪悪感が少しでも軽くなるように、わざとおどけて見せる。

「なんでだ」

「だって、拓海先輩はこう言いたかったんですよね。本当に守らなくちゃいけないものは、今の偽物の居場所なんかじゃなくて、お父さんとお母さんが残してくれた想いだろって」

お前の守りたいモノは、かりそめの愛か、それとも真実の愛か。それが、先ほどの厳しい言葉の裏にある本当のメッセージだ。

「……っ！」

『なんでわかったんだよ』という顔で拓海先輩が私を見るから、つい「あはは！」と笑ってしまう。

「私、拓海先輩の心を鑑定できるんですよ！」

「なんだ、それは」

なんでわかったかなんて、決まってる。ずっと拓海先輩を見てきたからだ。なにを考えてるのか、どうしたら笑ってくれるだろう、傷つかずにいてくれるだろうって。だからきっと、見えない拓海先輩の本心に気づけるようになったのだ。

「口下手ですよね、拓海先輩って。でも、優しい」

「俺を優しいだなんて言う変人は、お前くらいだ」

困惑したような瞳を前に、私は冷たく、そして大きな拓海先輩の手を両手で包み込むように握った。

「優しい人は手が冷たいんですよ。知ってました？」

自分の意見を正しいと信じながら、こんなにも震えている。拓海先輩は誰よりも繊細な人だと思った。

「そんなの、迷信だろ」

「でも、実際そうですし、私は信じてますよ」

「ったく……勝手にしろ」

照れくさそうにしながらも、私の手を振り払おうとはしなかった。

「はい！　なので、勝手に時雨くんを説得しに行ってきます！」

名残惜しくもパッと手を離して、私は扉へと向かう。

「は？」

背中越しに、拓海先輩の呆気にとられたような声が聞こえた。

取っ手に手をかけると、少し開いた扉からオレンジの光が差し込む。

あぁ、もう夕方なんだ、と思いながら、拓海先輩を振り返った。

「大丈夫ですよ。拓海先輩が信じられなくても、私が証明しますから！」

そう、何度でも。あなたに信じてもらえるまで。

飛び出す間際、「来春」と、拓海先輩に名前を呼ばれた気がした。

だからなおさら頑張らなきゃと力強く地面を蹴る。それだけで、底なしの力が湧いてくるみたいだ。

足りないものは補い合えばいい。ドラマで『人という字は〜』なんてやっていたけれど、そのとおりで、互いに寄りかかって人は生きていくものだ。

だから、待っててくださいね。私が拓海先輩の気持ちを伝えてきます！

「時雨くん、どこですかーっ？」

お店を出て、とりあえず叫んでみる。出てきたはいいものの、時雨くんがどこに行ったのかまで考えていなかったのだ。

どうしたものかと悩んでいると……。

「は、はい！」

わりと近くで返事が返ってきた。声が聞こえた方を向くと、喫茶店のレンガの壁を背に時雨くんが座り込んでいた。

「あ……。まさか、こんなに早く見つかるとは思わなかったです」

「ははっ、あんなこと言っといて俺、帰る場所なんて本当はないじゃんって気づいちゃって」

俯いて自嘲的に笑う時雨くんにチクリと胸が痛んだ。

「時雨くん……」

彼の隣に一緒になって座ろうと腰をかがめた時だ。

「あ、服汚れちゃいますよ」

時雨くんは自分の着てきた上着を脱いで、汚れるのも構わず地面に敷いてくれた。

「え、いいんですか？」

「ほら、ここ地面が汚いし……」

変人ばかり集まる喫茶店にはいない、まともな人。あの深海さんでさえ、少し癖がある。だからか、調子が狂う。そしてなぜだか、普通の人に会えたという謎の喜びが湧き上がってきた。

「まともな人だ……」

「え？」

「ご、ごめんなさい！　私の周りに時雨くんみたいなまともな人がいなくって……その、感動しちゃって！」

キラキラした尊敬の眼差しを時雨くんに向けた。

そんな私の顔を、時雨くんはマジマジと見つめ返す。

「なんていうか……ぷっ、不思議な人ですね」

そう言われても、自分ではわからない。おかしそうに笑う時雨くんに首を傾げる。

「そうですかね？」

「はい。あっ、お尻痛くないですか？　上着じゃ薄くて申し訳ない」

時雨くん、めっちゃいい人だ。

「ヤバい……。『深海二号』って呼んでいいですか？」

普通の女の子なら確実に惚れているだろう。でも、私はなぜか拓海先輩の毒舌を恋しく思っている。聞いたら聞いたでムカつくのに、変だ。

「え、深海二号ってなんだ？」と考えている様子の時雨くんを前に、私は今さらながら彼に対する無礼の数々を思い出した。

「そうだ、年上なのに『くん』づけとかして、すみませんっ」

どうしても拓海先輩と同い年とは思えなかったのだ。やっぱりフレッシュさが拓海先輩にはないんだな。こんなに違うものだろうか、主に標準装備の笑顔とか、コミュニケーション能力とか。

「あ、私は七海来春っていいます！　ちなみに時雨く……先輩のふたつ下です」

「好きなように呼んでくれていいよ、来春ちゃん。それより、聞きたいことがあって」

先ほどまでの柔らかい微笑みとは打って変わって、時雨先輩は真剣な顔になる。

「聞きたいことですか？」

「うん、拓海さんはその……どうしてあんなことを言ったんだろう」

時雨先輩はやるせない表情で空を見上げている。

「俺は、ひとりになることが怖いんだ。施設が嫌ってわけじゃないけど、ただ家族っていう消えない居場所が欲しかった」

居場所が欲しいと思うのは、いけないことじゃない。家族、学校、バイト先、恋人でもなんでも、その中に自分の居場所を探している。誰しもが抱く、ごく普通の感情だ。

「怖くていいんです。弱くたっていいんです」

そんなことに慣れなくていい。自分の気持ちを偽り続けたら、いつの間にか本心が見えなくなってしまう。

「だって、大切な人を、永遠にあると信じていた居場所を失ったんです。誰だって不安になりますよ」

帰ってくるはずの人たちが形見だけを残して逝ったのは、どれだけの悲しみだろう。同じ痛みを理解しようだなんて、きっと無理なのだ。あくまで私たちは、想像することしかできない。それこそテレパシーとか、拓海先輩みたいな特別な力でもない限り。

だからこそ、わかりたいと願う。

「俺は、ただ無事に帰ってきてくれればよかったんだ。こんなモノを残されたって嬉しくない。俺はっ……俺にとって大切なのは父さんと母さんだ!!」

気持ちをぶつけるように、時雨先輩が叫ぶ。

「じゃあ、そんな大切な人が残したコレは、必要ないんですか？」

時雨先輩が大事そうに持っている箱を指さす。そういうわけじゃないのは、百も承知で尋ねるのだ。ただ気づいてほしい、その一心で。

「そういうわけじゃっ」

「でも、今の居場所を守るために手放すんだって、さっき時雨先輩は言いました」

「仕方ない、じゃないかっ……」

泣きだしそうな顔に、私は深く長く息を吐いた。

一番悲しいのは時雨先輩なのに、私が泣くなんておかしい。

だから必死に我慢する。だけど、唇が震える。

「時雨先輩を愛してくれたのは、誰ですか？」

「それは……父さんと母さんだ」

「大切なモノに、時雨先輩は気づいているじゃないですか」

だって時雨先輩は愛されてた。誰が一番の理解者だったのか、守るべきものはなんなのか。それさえ見失わなければ、答えはわかるはず。

「拓海先輩も孤独でした」

「え、拓海さんも？」

「お父さんは離婚していないし、お母さんも過労で亡くしています。そのうえ、あんな特別な力まであるから、周りからは変な目で見られたりして」

だから、ずっと孤独だった。きっと、彼は誰よりも時雨先輩を理解できるのだ。

「拓海さんも、俺と同じ……」

「ちょっぴり違いますけどね」

「え？」

どういうことかと時雨先輩が私を見る。

拓海先輩にはなくて時雨先輩にはあったもの、それは……。

「時雨先輩には、愛された記憶があります。ここに、その証もあります」

彼の手の中にある赤麻柄の和風な箱に、そっと手で触れた。

拓海先輩みたいな特別な力がなくてもわかる。この依頼品から伝わるお父さんとお母さんの想いが。

「モノは、目に見える想いだと思うんです」

「目に見える想い……」

時雨先輩は心に深く刻み込むように、大切そうにその言葉をつぶやいた。

「お父さんとお母さんが、時雨先輩に残した想い。それはかりそめの居場所以上に、価値があるとは思いませんか？」

「……！」

時雨先輩は、ハッとしたような顔をする。

「そうか、そういうことだったのか……」

ようやく、拓海先輩の言葉の意味に気づいたようだった。泣き笑いで、箱を両手で包み込む。

「簡単に手放せるくらいのモノなら……か。拓海さんに怒られた理由がわかったよ。俺は守るべきもの、大切にすべきモノを見誤っていたみたいだ」

困ったように笑った時雨先輩が「よっと」と声を出して立ち上がる。そして、私に手を差し出した。その顔には、偽りのない笑顔が浮かんでいた。

「ありがとう、来春ちゃん。俺、もう一度拓海さんに頼んでみるよ！」

「あ……はい」

屈託ないこの笑顔が、本当の時雨先輩なのだ。それが見られたということはきっと、時雨先輩は一歩前に進む覚悟ができたのだろう。

「ふふっ、お供します！」

「ありがとう」

差し出された時雨先輩の手を取って立ち上がると、気持ちを新たにして私たちはもう一度、喫茶店の中へ戻った。

「ただいま戻りましたーっ」

盛大に叫んで店内に入る。

すると拓海先輩が私の前にやってきて、「うるさい」と本で頭を叩いてきた。

「いったぁ！　相変わらず横暴ですね、この時雨先輩を見習ってくださいよ！」

モノを使うところが、なお非道だ。もう少し柔らかいモノで……って、違うだろ！

と自分にツッコミたくなった。

「え、いや俺は……」

目をまん丸に見開いて、時雨先輩は困ったように後頭部を掻いている。

「これですよ!!　拓海先輩は謙虚さに欠けてます！」

ビシッと拓海先輩を指させば、『余計なお世話だ』と言わんばかりの顔で睨まれる。

「お前は、女らしさに欠けてるけどな」

「……はい？」

聞き間違いだろうか。乙女に対して『女らしさに欠けてる』とか、ありえないほど失礼な言葉が聞こえた気がするのだが。

「わーわー叫ぶわ、駆け回るわ」

「私はそんなことしてません！　慎み深い乙女ですーっ」

「慎み深さの意味を辞書で引いてこい」

ガヤガヤ言い合っている私たちを見て、「ぷっ」と時雨先輩が吹き出す。

「あははっ、いつもこんなコントを?」

「笑うな、時雨。コントじゃない」

拓海先輩は不本意と言わんばかりに眉をひそめてうんざりとした顔をする。

「だって、拓海さんと来春ちゃんを見てると面白くって」

「拓海でいい」

「え……あ、ありがとう、拓海」

ふたりが穏やかに話してる。ついに拓海先輩にもお友達ができた!

お母さんにでもなったかのような気分で、感動して涙が出そうになった。

「拓海、改めて頼みたい。どうかこの箱を開けてほしい」

「それで、さっきの問いの答えは?」

拓海先輩の問い。それは、この箱が開いて中身を義父に渡せと言われたらどうするのか、というものだ。

「この箱の中身がどんなモノであっても、俺にとって大切なモノに変わりない。なにがあっても守るよ」

その答えに、「上出来だ、引き受ける」と拓海先輩は不敵に笑う。

拓海先輩、前より仕事の時の表情が明るくなったな。

「ありがとう、拓海」

「じゃあ、箱を渡せ」

言われたとおりに時雨先輩は箱を渡す。

拓海先輩がテーブルに箱を置くと、仕切り直すようにみんなでそれを囲んだ。

「それにしても、どうしたら開くんだろう」

「僕にもわからない」

一緒に首を傾げる私と空くんに、「そもそも」と深海さんが口を開く。

「アンティーク調の鍵と赤麻柄の箱の組み合わせが珍しいですね」

「うん、確かに」

空くんが箱を持ち上げて、多方向から造りを確認する。

「全体的にこの箱軽いし、鍵穴以外は木でできてるのは間違いなさそう。あと……」

空くんは箱を揺する。するとカチャカチャと擦れる音と、カランッカランッと中でなにかが転がるようなふたつの音が聞こえる。

「この、中で擦れる音ってなんだろう。僕の空耳じゃないよね」

「私にも聞こえてる。もう、なんなんだろう！　鍵はただの飾りなんじゃないの⁉」

頭がパンクしそうになって叫ぶ。

するど、全員の視線がいっせいに私に集まった。

「……え？」

「それ、ありえるかも」

空くんが弾かれたように箱へと視線を戻して、鍵穴をのぞき込む。

嘘……。冗談っていうか、勢いで言ったんだけどな。

まさかのビンゴかと、言った私自身が驚いた。

「待てよ、あのわらべ歌……時雨、覚えてるか？」

拓海先輩はハッとしたように時雨先輩を見た。

「あ、うん……横横、板は五、下に、全員そろってさぁ左、もう一度全員さぁ右に、秘密のお箱がさぁ開くよ……だけど？」

「そうか、だから鍵なのか。理解した」

拓海先輩の顔を見れば、謎が解けたのだとわかった。

そして、これから種明かしが始まろうとしたところで、カランッカランッと喫茶店の扉が開く。

「時雨、迎えに来たぞ。どうだ、箱は開いたかな？」

そこへやってきたのは、則之さんだった。

一度本性をさらした相手に、よくもまた、いいお父さんふうに笑って登場できるなと呆れる。

よっぽど時雨先輩の財産が欲しいんだろう。

「則之さん……」

「時雨、お父さんの質問に答えなさい」

言い方は優しいのに、目の奥は笑っていなかった。

則之さんから放たれる威圧感に、時雨先輩は「それは……」と言葉を詰まらせる。

突然現れた則之さんに、頭が真っ白になってしまっているようだった。

このまま箱が開いたりしたら、中身は確実に則之さんに奪われてしまう。どうしよう、なんとかしないと！

「……これは、俺の手には余る。他を当たれと追い返していたところだ」

時雨先輩がなにか言うより先に、拓海先輩が平然と嘘をついた。

「え、拓海先輩、急になに言いだして……あ」

そういうことか。

拓海先輩は時雨先輩の宝物を守るために、このままシラを切るつもりだということが私にもわかった。

「君、さっきは啖呵《たんか》を切っていたくせに、それはないだろう！」

「そんなこと言ったか？」

拓海先輩はあさっての方向を見ながら、シレッと言う。

「とぼけるな！　まったく、不愉快だ。金は払わないからな。帰るぞ時雨！」

則之さんが踵《きびす》を返すのを見計らって、私は時雨先輩の服の裾を軽く引く。

「明日、また来てください」

「あっ……」

時雨先輩はその意味を悟ったのか、無言で頷いた。

こうして、店内にはいつもの四人が取り残される。

「拓海先輩、ナイスです！」

グッと親指を立てて見せれば、「……あっそ」と興味なさげにそっぽを向く拓海先輩。

耳が赤いところを見ると、照れ隠しだとすぐにわかった。

「今までの拓海なら、業務外だって言ってたと思う」

「本当、来春さんのおかげですね」

空くんと深海さんが私たちを見て愉快そうに笑う。

えっ、私のおかげ？　そんなふうに考えたことはなかった。もし拓海先輩が変わったのだとしたら、それはきっと拓海先輩が変わろうと努力したからだ。

「来春さんは名前のとおり、春を連れてくるように周りの人の心を温かくするのです」

小首を傾げて、深海さんがまぶしいモノでも見つめるかのように私を見るもんだから照れくさくなった。

「そ、そんな大層なことしてませんって！」

みんなの中で私が美化されているような気がして、むずがゆい。

むしろ、みんながいるから私は毎日笑って過ごせるのだ。

「ですが、時雨様が拓海くんの言葉を受け入れられたのは、来春さんが説得したからではありませんか？」

「私はただ、拓海先輩の言葉を伝えただけですよ」

そう、特別に私がなにかしたわけじゃない。私はほんの少し、時雨先輩にとって大切なモノとはなにか、拓海先輩が言いたかったことはなんだったのかを口下手な彼の代わりに口添えしただけだ。

「時雨先輩は、孤独が怖かっただけなんです。だけど、偽りの居場所で心をだましても本当の意味では救われないって、拓海先輩が言ってくれた。だから時雨先輩は変われたんだと思います」

人間は弱い生き物だと、今までの依頼で何度も気づかされた。でも、そのたびにこうも思う。乗り越える強さもまた、人間は持っているのだと。

「そう言えるから、お前はすごいんだろ」

「え？」

拓海先輩が、私を褒めた……？

驚きに目を剥きそうになる私を、拓海先輩はジトリと睨む。

「おい、なんだその顔は」

「なんだって、そっちが何事ですか!?」

不意打ちで優しくされると、こちらの心臓の準備はできてないので、かなりの衝撃になる。止まったらどうしてくれるんだ。

「あ？」

「拓海先輩らしからぬ発言です！」

ヤバい、ヤバい、ヤバいっ。なんか、心臓がおかしい。というか、破裂するんじゃないかと心配になるくらい激しく動いてる。

「あ、明日は氷どころか、地球滅亡ですよ!!」

「はぁ？」

拓海先輩は気づいていない。私が今、どれだけ彼に心臓を高鳴らせているのかを。

それがどういうことなのか私はすでに自覚しているのに、なんとか蓋をしようとする。でもそれは、まるで洪水のように噴き出して内側からあふれ出てくるのだ。

「おい、お前……来春？」

名前を呼ばれた、見つめられている。ただそれだけのことで、どうしようもなく駆け巡る、この気持ちは……。

私、拓海先輩が好きなんだ。

芽吹いてしまった恋の花に、激しく高鳴る鼓動。拓海先輩に悟られまいとするように、私はそっと胸に手を当てたのだった。


次の日の昼頃、約束どおり時雨先輩は喫茶店にやってきた。

テーブル席には、向かい合うように拓海先輩と時雨先輩が座り、周りを取り囲むように私と空くんが立つ。マスターとクラウンは、カウンターからこちらの様子を見守っていた。

いよいよ、謎解きの時間だ。

「まず、この鍵穴はフェイクだ」

そのひと言から始まった。

「鍵は別にあった」

拓海先輩は相変わらず無表情に、淡々と説明する。

「別の鍵って？　俺は、そんなモノ預かってないけど……」

「いや、よく思い出せ。お前はちゃんと預かっている」

まっすぐに見据える拓海先輩の瞳に圧倒されながら、時雨先輩は考え込むように瞳を閉じた。

「んー、俺はいつ鍵を預かったんだ？　そんなに忘れっぽいほうじゃないんだけど」

「ずっと昔から、両親はお前に贈っていたはずだ。いや、正確にはお前の恋人や妻といった大切な存在にも預けられるはずだった」

それに時雨先輩は思い当たる節があるのか、「まさか」とつぶやいて弾かれたように目を開ける。

「そういえば母さんはこの歌を俺と俺の大切な人のために贈る真実なの……って言ってたんだけど、まさかこの歌が？」

「そうだ。必ずしも目で見て触れられるものだけが鍵じゃない。このわらべ歌こそ、鍵だった」

まさか歌が鍵だったなんて。でも、それをどうやって使うのかが、最大の謎だ。

「空はこの鍵穴以外は木製だと言ったな。それを証明するかのように、重量も軽い」

「うん」

本当の兄弟並みに無表情で頷き合う拓海先輩と空くん。

今さらだけど……相変わらず表情が動かないよね、このふたり。

「後は、この箱から鳴るふたつの音」

確か、なにかが擦れる音に転がる音が聞こえたんだっけと思い出す。

「このうちのひとつはこの箱に隠された宝、そしてもうひとつは……この箱の仕掛けが動く音だ」

「箱の仕掛けって、もしかして……」

空くんはなにかに気づいたようだが、その他全員がポカンと拓海先輩を見つめる。すると、深いため息が容赦なく返ってきた。

「これは、秘密箱だ」

呆れ交じりに、拓海先輩は言った。

「秘密……箱？」

聞いたことないや、なにそれ？

そんな顔をするとまた、『この無知め』という視線のヤジが飛んでくる。無論、拓海先輩からだ。

「秘密箱は内部や表面に施された仕掛けを解かなければ開かない、江戸時代の金庫みたいなモノだ」

「へぇ、江戸時代の金庫かぁ。それで、その仕掛けってなんなんですか？」

「これはわりと少なめの仕掛けらしい。歌からすると、四回といったところか」

鑑定士としての導火線に火がついてしまったのか、拓海先輩は私なんて初めから視界に入っていないかのように秘密箱をじっと観察している。

だから、その仕掛けがなんなのか知りたいのに。

目の前の仕掛けがどう動くのか、楽しみでウズウズしている私をよそに拓海先輩は秘密箱を時雨先輩の手にポンッと乗せる。

「時雨、この箱開くぞ」

「本当か!?」

時雨先輩は嬉しさに声を弾ませて、椅子から腰を浮かせた。

「あぁ。そして、それを開けられるのはお前だけだ」

「え、俺?」

拓海先輩はひとつ頷くと、空くんの方を見た。

「空、時雨と一緒に仕掛けを動かしてやれ。秘密箱は精密な仕掛けが施されていることもある。空の得意分野だろ」

「うん、任せて」

時雨先輩のそばに空くんが立ち、秘密箱に一緒に手をかけた。

「じゃあ時雨、わらべ歌を一節ごと歌え」

「わ、わかった」

その場に緊張感が漂う。

本当に秘密箱が開くのか、時雨くんも不安なのだろう。カタカタと震える手がそれを物語っている。

「横横、板は五、下に」

「横横は恐らく側面の板のことだろう。それを五ミリ下にスライド」

「りょ、了解」

拓海先輩の指示に従って、時雨先輩が板を動かす。

「あ！　本当に動いたっ」

ただの箱に見えたのに、こんな仕掛けがあったなんて。単純な言葉で申し訳ないけれど、昔の人って考えることがすごい。

「いや、時雨行きすぎ。五ミリはもう二ミリ手前」

「は、はい！」

細か！　しかも時雨先輩、空くんにまで敬語になってる。空くん、こういう時スパルタだからな……。

私は苦笑いしながら、ふたりを見守った。

「全員そろってさぁ左」

「全員……全面の板を左に動かせ」

懐かしい記憶を手繰り寄せるように、宙へと視線を投げながら歌を口ずさむ時雨先輩。拓海先輩は奏でられるわらべ歌に合わせて、少しも悩むことなく指示を出す。

「もう一度全員さぁ右に」

「全面の板を右に」

箱が箱らしからぬ形になったり戻ったり。仕掛けが少しずつ解けていく。

この箱の中に眠るモノ。それはなんなのだろうと胸が高鳴るのは、秘密箱のからくりが童心を思い出させるからだろう。

「秘密のお箱がさぁ開くよ」

最後、ゆっくりと前面の板が右にパカッとズレた時、中にふたつの光が見えた。

「これ……」

時雨先輩が、目と一緒に心まで奪われたようにつぶやく。

視線の先には、ピンク色の透き通る輝きを放つシルバーリングがふたつ。それは支え合うように重なっていた。

「……ピンクダイヤモンドだ」

時雨先輩は指輪を摘まんで持ち上げると、太陽の光に透かした。光が屈折し合い、キラキラと美しさを増すその指輪は、どこからどう見ても結婚指輪だった。

「そうか、だから俺と俺の大切な人のために贈るのか……。ふたりとも気が早いって」

そう笑った時雨先輩の目尻から、涙がポロポロと伝って落ちる。

この指輪を着けた姿を両親が見ることはもう叶わない。ひと粒ひと粒落ちていく涙が、『悲しい、悲しい』と言っているみたいにただ流れていく。

「永遠の輝きを放つダイヤモンドか……。お前、相当愛されてたんだな」

時雨先輩の手の中で光るピンクダイヤモンドを見つめて、拓海先輩がしみじみと口にする。

「エンゲージリングがダイヤモンドであるのは、ふたりの重ねた思い出が永遠の輝きを放つダイヤモンドのように色あせることなく消えないことを意味する」

「わぁ、素敵ですね！」

私は両手を合わせて声を上げる。

女の子がダイヤモンドに憧れるのには、そんな意味があるからなのかもしれない。誓いの証であり、初めて持つふたりの宝物であり、それは永遠に消えないふたりの想いの輝きなのだ。

「それで、このピンクダイヤモンドだが――」

「あぁ、これは知ってる」

時雨先輩が、拓海先輩の言葉を遮った。その顔には生き生きとした笑顔が浮かんでいて、やっぱり宝石屋さんの息子さんなんだなと思う。

「ピンクダイヤモンドはオーストラリアの鉱山で取れるんだけど、年々産出量も減ってる。しかもその鉱山以外で産出できる鉱山はまだ見つかってないから、奇跡の確率で取れる希少な存在なんだ」

「じゃあいつか、なくなっちゃうかもしれないってこと？」

買う予定も買ってもらう予定も私にはないが、一応聞いてみる。……いや、本当はいつか好きな人からプレゼントされたらいいな、なんて妄想をしてしまったのだ。

「どうだろう、いつかはそうなってしまうかも。だから、〝出会えたことの奇跡〟とか〝完全無欠の愛〟って意味があるんだ」

それを贈ったお父さんとお母さんが、どれだけ時雨先輩の幸せを願っていたのかが伝わってくる。

「そばにいなくても、こうして俺を愛してくれてたんだな……」

手のひらで転がるふたつのエンゲージリングと秘密箱を交互に見つめると、時雨先輩は目に涙をにじませながら顔をほころばせる。

「モノは目に見える想い、らしいからな」と拓海先輩が言う。

そう言う拓海先輩に、『あ、それって私が言った言葉だ』と嬉しくなる。覚えていてくれたことに、心がふわふわとした。

「それ、来春ちゃんの言葉だな、拓海」

「っ、なんで時雨が知ってるんだ」

普通の人にはわからない加減で、わずかに拓海先輩の視線がキョロキョロと動いている。何事もなかったかのように無表情を作ろうとしているが、かなり焦っているのがバレバレだ。

「さっき同じことを言われたんだよ、来春ちゃんに。本当にそのとおりだな」

時雨先輩はピンクダイヤモンドが輝く結婚指輪を見つめてまぶしそうに目を細めた。

「子供を愛さない親なんていない。それは言葉だけでなく、こうして本人では気づかないところで、なんらかの形で伝えてくれているんだって」

「子供を愛さない親なんていない……」

空くんが誰にも気づかれないほど小さな声でつぶやく。

それが聞こえた私は、ふと空くんに聞かされた家族の話を思い出した。

そうだ、空くんは誕生日を祝ってくれる人なんていないって言っていた。だから、時雨先輩の言葉になにか思うところがあったのかもしれない。

「宝石は持ち主を選ぶから、俺もこのピンクダイヤモンドに恥じないように生きていきたい。このピンクダイヤモンドに、そう誓うことにする」

強く前を向く時雨先輩に、私まで背筋がしゃんとするようだった。

たくさんのモノを失っても、人は顔を上げて笑うことができる。その強さこそ、どんな宝石より美しい。そう思った。

宝石が持ち主を選ぶのなら……私もこのペリドットの宝石にちゃんと認められてい

るといいな。自分が太陽みたいにだなんて恐れ多いけれど、光を照らしてあげたい人たちがいるから。このペリドットの宝石に見合うような存在になりたい。

こうして、開かずの箱の謎は解けた。その中身はたくさんの愛にあふれていたという素敵な結末だった。

そして、秘密箱はフカミ喫茶店に預けられることになった。無論、則之さんに奪われないよう守るためだ。

「今は胸を張って幸せだと言うには、あまりにもつらい環境下だけどさ。それでも、幸せになれるように頑張る。俺の幸せを願ってくれた人たちのために」

去り際に、時雨先輩はそう力強く宣言した。決して悲観したりせず、つらい現実へと帰る背中は、とても大きく見えた。

「応援してます、時雨先輩！」

だからこそ、エールを贈りたい。

この世は必ずしも温かく、幸せにあふれ、豊かなわけでもない。だからこそ人は、幸せになろうともがく。そして夢を見つけ、愛を見つけ、希望を見出すのだろう。

「っ……ありがとう！」

振り返って大きく手を上げた時雨先輩の笑顔を、私は決して忘れない。

「例の件は順調か」

完全に時雨先輩の姿が見えなくなると、一緒に見送りをしていた拓海先輩がチラリと私を見て尋ねてくる。

「例の件……あ！」

それでピンと来る。実は、空くんに内緒で企んでいることがあるのだ。決行はついに明日に迫っていた。

「昨日のうちに飾りつけの道具もプレゼントも買えましたし、ケーキは深海さんと手作りするので順調です！」

「そうか」

「空くん、喜んでくれたらいいなぁ」

空くんの笑顔を思い浮かべて、私は顔をほころばせる。

「まるで太陽だな」

「え？」

「いや、空は喜ぶだろ」

そう言って扉の取っ手に手をかけると、拓海先輩は私を振り返った。

「戻るぞ」

「あ……」

出会ったばかりの頃なら、こうしてわざわざ声をかけてくれることなんてなかっただろう。でも、今の拓海先輩は私をそばに置くことを許してくれている。

それが嬉しくて、「はい！」と出席を取るように元気よく返事をして駆け寄れば、拓海先輩の呆れた顔が私を見下ろした。

その表情さえかわいいと思えてしまう私は、重症だ。


翌朝、起きてきた空くんを軽快なクラッカーの音と共に出迎えた。

「ハッピーバースデー、空くん！」

三人で声を合わせて言うと、空くんはパジャマ姿で寝ぐせのついた髪を押さえながら「え？」と固まる。

「おはよう、空くん！」

「なに、朝っぱらからどうしたの」

「いいから、いいからっ」

困惑している空くんの手を引いて、テーブル席にストンと座らせる。目の前に置かれた大きな誕生日ケーキには、【九歳の誕生日おめでとう！】と書かれたプレートと九本のカラフルなロウソクが立っていた。

「これ……」

寝ぼけていて頭がハッキリしていないのか、空くんはまだボーッとしている様子だった。説明を求めるように、隣に立つマスターの顔を見上げる。

「ふふ、来春さんが企画してくれたんですよ」

「え？」

「空くんのお誕生日会です」

マスターのひと言に、どんどん見開かれる瞳。空くんが驚いたように私を見た。

「空くんの誕生日、私も拓海先輩もマスターも祝いたいって思ってるよ。だって、空くんが生まれてきてくれた日だもん！」

拓海先輩が静かにロウソクに火を灯していく。

来年はまたひとつ増えているであろうロウソクの炎に、私はこれから先もみんなと過ごせたらいいなと願う。

「ねぇ空くん、ロウソクがケーキに乗りきらなくなるまで一緒に祝おうよ」

この先、何年、何十年先も、みんなとの縁がこれからもずっと続くと信じたい。私が空くんのお父さんとお母さんの代わりになんて無責任なことは言えないけど、ずっとそばにいるから一緒に思い出を重ねていきたいと思った。

「空、吹け」

「拓海……」

「全部、お前への贈り物だ」

拓海先輩は珍しく、唇にかすかな笑みを浮かべて空くんの頭を軽く撫でた。

「うんっ！」

泣きそうな顔で笑う空くんが、大きく息を吸い込む。ふーっと吐いて火が消えると、私たちは盛大に拍手を贈った。

「にしても、朝からケーキって……来春、やっぱバカ」

「ええっ!?」

「ぷっ、嘘、嬉しい」

ケーキを頬張りながら、空くんが破顔する。今まで見たことがない、年相応の弾けるような笑顔だった。

空くんが大人っぽいのは、そうならなきゃいけない理由があったからなんだ。拓海先輩のように、頼れる人がそばにいなかったのだ。それって、とっても苦しかったはずだ。

「空くーんっ」

どうしてもたくさん甘やかしてあげたくなった私は、空くんの首に抱きつく。

私がいる間は空くんがもっと頼れるようなお姉さんになろう、そう心に誓った。

「来春、今ケーキ食べてるから離れて」

すると悲しいことに、グイッと押しのけられた。

それにめげることなく、私は隠していたプレゼントを差し出す。

「これ、プレゼントね！　早く食べて、開けて開けて！」

「わかったから。来春、子供みたい」

空くんとじゃれていると、クラウンが扉に向かって「ワンッ」と吠える。そのすぐ後にチャイムが鳴り、「宅急便でーす」と声が聞こえた。

「俺が出る」

拓海先輩が扉の方へ歩いていき、荷物を受け取るとこちらに戻ってきた。

「空」

迷わず空くんの目の前に立って、拓海先輩が珍しく小さく笑って見せた。

「え？」

「よかったな」

柔らかい声音でそう言って、空くんに小包を渡す。

空くんは小包を受け取ると、差出人の名前を見て目を見張った。そして、「これ、うちからだ……」とつぶやき、震える指で包装を開けていく。

そこには、【HappyBirthday 空】というメッセージカードと共に贈られた、工具のセットがあった。送り主はもちろん、空くんのご両親だ。

「これ、どうして……。今まで忘れてたくせに……」

ご両親からの誕生日プレゼントが未だに信じられないのか、不安げに揺れる空くんの視線が小包に注がれたまま動かない。

「空くん、ご両親は空くんの誕生日を忘れたことは、一度もありませんでしたよ」

マスターが、紅茶をテーブルに運びながらそう言った。

「空くんには秘密にしてくれと言われていたのですが、ご両親は誕生日になると決まって、空くんに工具を贈ってくれています」

「え、でもあれは、マスターが買ってきてくれたんじゃ……」

「おふたりは忙しく、空くんの好きなものがわからないからと私にお金を預けていたのです。私は代行をしたまで」

そっか、空くんのご両親はお医者さんなんだっけ。シッター雇うくらいだし、本当に忙しいんだろう。……空くんを孤独にしてしまうほどに。

「ですが、両親からのプレゼントだとちゃんと伝えたほうが空くんも喜ぶでしょうと助言させていただきました」

だから、今回はご両親から空くん宛にプレゼントが届いたんだ。深海さんも、空くんとご両親の関係を心配していたのかもしれない。

「でも、僕の好きなモノもわからない親なんて最悪だ。どうせ、お金とモノだけ与えておけばいいって思ってるんだと思うよ」

空くんは、どこか投げやりな言い方だった。引き結んだ唇はすねているようにも見える。

一方で、本当は贈り物が嬉しいのにご両親の想いを信じることが怖いのかもしれないと思った。

「そう思われてしまうから、ご両親も空くんに秘密にしていたのでしょう」

深海さんの言うとおりだ。だけど医者という激務の中でも空くんに贈り物を贈ったのはきっと……。

「子供を愛さない親なんていない」

時雨先輩の言葉を思い出して、私はつぶやく。

そう、どんな時でも忘れられない。時には憎しみを、はたまた他界して、もう二度と会えない距離に逝ってしまう悲しみを伴うこともあるけれど、切っても切れない絆が親子にはあるのだ。

「空くん、アンティークドールを作ってた優輝くんのお母さんのこと、覚えてる？」

「うん、覚えてるけど……」

「お母さん、家族と夢の間で悩んでた。きっと、空くんのお父さんとお母さんもお医者さんっていう夢と空くんとの間でたくさん悩んだんじゃないかな」

これはあくまで想像で、根拠なんてどこにもない。けれど空くんのことを大切に思ってくれているはずだって、信じたっていいんじゃないかな。

「想いの形はたくさんあるから。だから、これがお父さんとお母さんの精一杯の愛情なのかもしれないよ」

「ふたりは……本当にそんな気持ちでこれを贈ってくれたと思う?」

心細そうにこちらを見上げた空くんに、私は笑って頷いてみせた。

「絶対なんて言えないけど、信じたいって思う」

「そっか……」

まだ不安そうな顔をしている空くんの手を私は握った。

「それでも不安だったら、私はもっとわがままになってもいいと思うな」

ニッと笑って見せれば、空くんはどういう意味かと尋ねるように首を傾げる。

「空くんはもっと『寂しい』『会いたい』って言っていいんだよ」

「でも……」

「ちょっとくらいわがままや文句を言ったって、家族の縁って簡単に消えるもんじゃないって思う」

どんなにケンカしても嫌いにはなれない、損得なしに無条件に愛しいと思う存在。家族とはそういうものだって、私は信じてる。

「じゃあ、その時は来春もついてきて」

「え、いいの？　私で」

「来春がいたら、無駄に前向きになれそうだから」

ちょっと、『無駄に』ってどういうことよ。でも、空くんに私が必要なら、どこへでもついていくからね。

「まっかせなさい！」

私は空くんに少しでも頼ってもらえるように、胸を張ってみせる。

「うん、任せた」

空くんは照れくさそうに笑って、ケーキをパクリと食べた。

この笑顔が失われないように、このペリドットのペンダントを預けてくれたあの人に恥じないように。私は、みんなを明るく照らせるような人になろう。

そう、改めて決意した。

Menu 6

解き明かされるペリドット

九月。夏休みも終わり、先週から新学期が始まった。

日曜日の朝、フカミ喫茶店へ向かう途中、私は空気が乾いて透明感のある秋天《しゅうてん》を見上げる。

「思い返してみれば、すごい偶然だったなぁ」

ふらりと迷い込んだこぢんまりとした路地裏で私はクラウンと衝突し、ペンダントを壊され、深海さんにフカミ喫茶店へ連れてこられたのだ。

初めは不思議の国に来たような感覚だったのに、目の前の赤茶色のレンガの外装、レトロなガス灯を見ると、なんだか帰ってきたなぁと感じる。

——カランッ、カランッ。

この音も、入った瞬間から香る深みのあるコーヒーの香りも、すべてが今の私の日常になっていた。

「おはようございます！」

そして、返事をしてくれるのはもちろん……。

「おはようございます、来春さん」

深海さんだけ。拓海先輩は読書、空くんは工具のお手入れ、私のことなんて眼中になし！　このパターンにもいい加減慣れたものだ。

「ワンッ」

「おはよう、クラウン」

ワシャワシャと毛並みを撫でて、スンッと匂いを嗅ぐ。ふむ、ワンちゃんのほどよい匂いだ、なんて安心する。

すると、クラウンが私のペリドットのペンダントを一生懸命ペロペロとなめだした。

「どうしたの、クラウン？」

「クラウンは美葉《みよう》さんの持っていたペリドットのペンダントも、よくくわえて甘噛みしておりました」

カウンターキッチンから私たちを眺めていた深海さんがそう言った。

「美葉？」

なんだろう、その名前がやけに気になる。だけど考えれば考えるほどに、ズキズキと頭痛がした。

「俺もおぼろげにしか記憶にないが、そのペンダントは母親がつけていたモノに似ている。写真もほとんど残ってないから、確認のしようがないがな」

本から顔を上げた拓海先輩が、切なさを含ませた瞳で私を見つめる。いや、正確に言えば私のつけているペンダントを、だ。

「美葉さんは、拓海くんのお母様ですよ」

深海さんは拓海先輩に気遣うような視線を向けつつ、私にそう教えてくれた。

聞いたことがない名前のはずなのに、私は知っている。そんな気がするのではなく、ほぼ確信的にそう思うのだ。

『あなたは？』

『私は来春っていうの!!』

『そう、とってもいい名前ね』

ふと、幼い頃の記憶が蘇る。

あぁ、頭が痛い。

意識がどこか遠くへ引っ張られる感覚に襲われた。

「来春、どうしたの？　顔色悪い」

私のそばにやってきた空くんが、心配そうに顔をのぞき込んでくる。大丈夫だと笑顔を作りたいのに、うまくできなかった。

「どっか痛い？」

「うん、ちょっと頭が痛くて……」

どうして今、思い出したりなんかしたのだろう。でもあの時、あの人は私に名乗ったはずだった。

思い出せ。確かそう、『私は美葉』……と。

その瞬間、もやのかかっていた視界が、急激に澄み渡っていくのを感じた。

「待って、そんなことってあるの？」

陽だまりにかすむような視界の中、長い黒髪をサラサラと風に揺らしている、キレイな女の人の姿がまぶたの裏に鮮明に浮かんだ。

「信じられない」

思い出した途端、動揺して私はふらついてしまう。

「危ない！」

そんな私を、拓海先輩が肩を掴んで支えてくれた。

「来春、お前どうし――」

「拓海先輩、どうしよう」

私の顔をのぞき込んでくる、心配そうな拓海先輩の瞳を見つめ返す。その間も私の心臓は震えていた。

「私、どうして今まで忘れてたんだろう」

「話が見えん」

「み、美葉さんなんです。病院でこのペンダントを私に渡したの……っ」

間違いない、あの人はそう名乗った。みんながこのペンダントに見覚えがあるのも当然だ。だって、本人のモノなんだから。

「そんな、バカな……嘘だろう」

自分の髪の毛をクシャリと握りしめながら、拓海先輩は動揺したように視線をさまよわせた。

「私だって信じられないっ。あの、美葉さんの入院していた病院って――」

未だに信じられない私は、一応自分が入院していた病院の名前を言ってみる。

「母さんが入院していたのは――」

すると、驚くべきことに拓海先輩も私が入院していた病院と同じ名前を口にした。

「こんなことって……」

まさか、美葉さんが亡くなっていたなんて……。あの人が誰なのか、なぜペンダントを預けたのが私だったのか。あの、『この出会いが私の思い描く運命となり、救いとなりますように』という謎の言葉の意味を、はかない微笑みの理由を、聞きたいと思っていたのに。

もう言葉を交わすことができない距離に、あの人は逝ってしまった。そのことがショックでたまらない。

「どうりで、クラウンが飛びつくわけです」

「深海さん……」

深海さんは私たちのところへやってくると、クラウンの前にしゃがみ込む。そして、その毛並みを優しく撫でた。

「クラウンには、来春さんのペンダントが美葉さんのモノだとわかっていたのですね」

「ワンッ！」

クラウンが肯定するように吠える。

「やはりそうですか。肌身離さず着けておりましたしね」

深海さんの言うとおりだとしたら……。

私にはやっぱりわからないことがあった。

「どうして私？　普通だったら、これは拓海先輩に残そうって思うはずですよね」

特に肌身離さず身に着けていたモノならなおさら、自分の代わりにと渡さないだろうか。お母さんはこのお店を拓海先輩に残すために必死に働いていた。そのせいで拓海先輩には、お母さんとの思い出がほとんどない。だからなおさら、どうして私なのかがわからない。

「あの人の考えていることは、俺には理解できない」

拓海先輩は感情を押し殺すように冷たく言い放った。

「俺にはなにも残さない。いや違うな、この変な力だけを残して勝手に逝った」

「なにも残さないだなんて……」

なら、このお店は？　ここは、お母さんが拓海先輩のために残したものだ。

「しかも、このペンダントの記憶だけは見れないときた。あの人は、なんの想いも俺に抱いてなかったんだろ」

「そんなこと……っ」

「ないなんて、どうしてお前が言いきれる!?」

初めて拓海先輩の激しい感情を見た気がした。行き場のない怒りと悲しみが私にぶつけられる。

「っ、それは！」

確かに証拠がない。私が拓海先輩に言えるのはすべて想像でしかない。そんなのただの気休めで、拓海先輩は納得しないだろう。でも私には……あんなに優しそうに笑う人が、子供を愛さない人には到底思えないのだ。

「……悪い、少し頭を冷やしてくる」

誰をも拒絶するように背中を向けて、お店の出口へ向かう拓海先輩に私は慌てて振り返る。

「なら私もっ」

「ひとりにしてくれ」

追いかけようとした私は、拓海先輩の言葉に動けなくなった。なにも言えぬまま、その背中を見送る。ガチャンと閉まる扉の音がやけに大きく聞こえて、悲しくなった。

するると、空くんが私の隣に立って袖を掴んでくる。

「拓海、行っちゃったね」

「うん……」

その場から動けず、私は閉じた扉を呆然と見つめていた。

「追いかけないの？」

「……うっ」

頷きながら涙があふれる。

好きな人の孤独をどうしたら埋められるのだろう。少しは近づけたと思っていた距離は、簡単に離れていく。追いかけても追いかけても、拓海先輩の心にはいつも追いつけないのだ。

「拓海くんが美葉さんの遺品を鑑定できないのは、心がお母様の存在を受け入れていないからなのではないでしょうか」

私のそばにやってきた深海さんが悲しげに言った。空くんと同じように私の隣に立つと、拓海先輩が消えた扉を見つめる。

「心が受け入れていない？」

「はい、鑑定は心をのぞくも同じ。そしてそれは、逆に自らの心もアンティークに見透かされるということです」

「アンティークが心を見透かすんですか？」

それが本当なら、なんだか鏡みたいな関係だなと思う。

「あくまで私の考えです。アンティークは言わば人の心の現身《うつしみ》、のぞく者の心に応えた時、初めて拓海くんの鑑定は成り立つのではないでしょうか」

深海さんの言葉は難しい。だけどなんとなく意味を捉えた。つまり、拓海先輩が無意識にお母さんの心を知ることを恐れているということだ。

それもそうか、ずっとほうっておかれたと思っていたのだから。私だって、愛されていなかったらと思うと怖い。

「でも、拓海先輩はひとりじゃないのに……」

こういう時、私はまだ頼ってもらえないのかと落ち込んだ。


結局、この日は夕方近くになって拓海先輩は帰ってきた。ひと言も言葉を発さず、拓海先輩は部屋に戻ってしまい、私は話すらできなかった。

そしてその日の夜、私は夢を見た。緑茂る病院の中庭のベンチに腰かけてあの人と言葉を交わした、あの日の記憶だった。

『――なにか、悩み事があるの？』

愁いを帯びた背中に話しかける。

『なら、私がいるよ』

なにか力になれたらと、そう声をかけたのも覚えている。

『あなたは？』

『私は来春っていうの!!　肺炎になっちゃって入院してるの』

『そう、とってもいい名前ね。私は美葉よ』

まさか美葉さんが拓海先輩のお母さんだったなんて。この時の私はこの人が誰なのか、これから訪れる出会いもなにもかも知る由もなかった。

『もし、あなたにしかできないことがあるとしたら、どうする？』

私の心を見透かしてしまいそうなほどに、美葉さんの瞳はまっすぐだった。

『私にしかできないこと？』

『そう、世界でたったひとり、あなたにしかできないこと』

『お姉さんが笑顔になるならなんでもする』

この広い世界で、誰かのために自分にしかできないことを見つけるのは星を手にするのに等しく難しい。

けれど、美葉さんは真剣だった。

私は大切なお役目を与えられたかのような気持ちで、責任を持って力強く頷いた。

『これを預かってほしいの』

そう、ここで美葉さんはペリドットのペンダントを私に渡したんだ。

『私の王子様を……あなたが光の道に導きますように』

『これなあに？』

『王子様？』

『そう、あなたならきっと彼の光になれる』

そっか、美葉さんの言う王子様って拓海先輩のことだったんだ。体を壊しても、拓海先輩のためにお店を守ろうと必死になっていた美葉さん。きっと拓海先輩には光ある道を歩んでほしいと願っていたはずだ。

『あなたは優しい女の子だから、この出会いが私の思い描く運命となり、救いとなりますように』

そして、謎の言葉を残して美葉さんは立ち去った。

ここまでが、私と美葉さんの最初で最後の出会いと別れだ――。


目が覚めるとまだ空は真っ暗だった。開けっぱなしの窓から、フワリと夜風が入り込む。そのヒンヤリとした風に、少しずつ頭がハッキリしてきた。

むくりと起き上がって、ベッドに腰かける。ベッドの横にある机の上には、月光に照らされて黄緑色の神秘的な光を放つペリドットのペンダントがあった。

「美葉さんは、私に拓海先輩のことを託したんだ……」

自分が死ぬとわかっていて、もうそばにいてあげられないからと私にペンダントを渡したのかもしれない。

だからといって、私と拓海先輩が出会える確証なんてなかった。でも、美葉さんにはその確信があったように思えた。

それに、そんなお母さんの気持ちを拓海先輩が知らずにいることが悲しい。

私はいてもたってもいられなくなって、枕元の携帯を手に取る。時刻は午前二時、常識的にはまずいが私は拓海先輩に電話をかけた。

――プルルルルッ。

『もしもし……お前、何時だと思って――』

ワンコールで拓海先輩が電話に出る。寝起きだったのか、今まで史上最強に不機嫌そうな声が電話越しに聞こえた。

「あの！　話したいことがあります！」

それどころじゃない私は、拓海先輩の言葉を遮る。

「お母さんのこと、やっとすべて思い出したんです！」

『思い出したって……そういえばお前、高熱で記憶をなくしてたんだったな』

興奮したように話す私に、拓海先輩がまだ眠そうに答えるのがわかった。

「はい！　それで話は聞いてくれるんですか、くれないんですか!?」

『とにかく……落ち着け』

まるでクレーマーのようになってしまう私を拓海先輩がなだめる。

『なら、今から会わないか』

「えぇっ!?」

拓海先輩の提案に驚いた。

私が言うのもアレだけれど……今、何時だと思ってるの!?

『うるさい、耳が死ぬ。叫ぶな』

「あ、スミマセン」

電話がつながってたの、忘れてた。

『じゃあ、迎えに行く』

家まで来てくれるという拓海先輩に住所を教えると、『待ってろ』とそれだけ言って通話が切れた。


拓海先輩がやってきたのは、それから三十分後のことだった。

深夜の外出を気軽に許すような軽薄な親ではないので、私は忍者の如くこっそり自宅を抜け出すと、玄関の前で待ち構えていた拓海先輩とふたりでフカミ喫茶店の方へと向かった。

フカミ喫茶店から十五分ほどの距離には、都内有数の星空スポットがある。昼間は近所の子供たちがサッカーをやっていたり、主婦の井戸端会議が聞こえたり、犬の散歩コースでもありにぎわっている公園だが、さすがにこの時間は静まり返っていた。

「ここ、星空がキレイに見えるんですよ」

「へぇ」

私たちは芝生に座り、遮る木々もなく肉眼でも鮮やかに見える星空を見上げた。

「…………」

「…………」

途切れる会話に訪れた沈黙。

そういえば私、今日のバイトで拓海先輩と微妙な感じで別れたんだった。

まるで出会ったばかりの時みたいに話題が浮かばない。葬式なみの静けさの中、どうやって切り出そうかと焦っていると……。

「お前、話したいことがあったんじゃないのか」

そんな私の心情を察したかのように、拓海先輩が沈黙を破ってくれた。

「あ、はい！」

拓海先輩から声をかけてくれて助かった。

私はひと呼吸置いて静かに口を開く。

「あのですね……」

私は星空を見上げながら、夢で見たことを拓海先輩に話した。拓海先輩は静かに私の話に耳を傾けている。

「——だから、なにも残さなかったなんて、そんなことないんです」

すべてを話し終えると、拓海先輩は黙り込んでしまった。私は星空から拓海先輩に視線を移す。

「むしろ、拓海先輩のためにこのペンダントと拓海先輩のことを私に託したんです。もう自分がそばにいることはできないからって……」

「だったらなぜ俺はこのペンダントの鑑定ができない？　あの人の一番そばにあったモノなのに」

お母さんを『あの人』と呼ぶのは、拓海先輩がお母さんを受け入れることを無意識に恐れているからなのかもしれない。

まるで泣きだしてしまいそうな顔。いつもは強気でクールな拓海先輩が、お母さんのこととなると臆病になる。大切な人であるからこそ心が弱くなるのだ。

「深海さんが、美葉さんの遺品を鑑定できないのは心がまだお母さんの存在を受け入れていないからだって言ってました」

「俺が……受け入れていないだと？」

拓海先輩の声が怒りに震えた。なにか気に障ってしまったのかもしれない。

でも、拓海先輩は今、変わらなくちゃいけない時だから、私はやっぱり続けることにした。

「鑑定は心をのぞくこと、また自らの心もアンティークに見透かされることだって」

「……そうだ。俺は依頼人から目的を聞き、それを知りたいと願い、エピソードをのぞく。だとしても、俺が母親の存在を恐れているだと？　そんなに俺は弱くない」

鋭い視線で私を射抜く拓海先輩に、少しだけ怖じ気づきそうになる。

けれど、拓海先輩から逃げ出したい気持ちになる自分を叱咤《しった》した。

「弱いことは、いけないことじゃないです」

「だから俺は弱くないと――」

「誰しも人の心を知ることは怖い。私だってそうです！」

今だって、拓海先輩に自分がどう思われているのか、私の言葉に傷ついていないかとか、不安ばかりだ。

「でも、それでも知りたい」

私は拓海先輩が好きで、大切な人の心ならなおさら知りたいと思う。

「来春……」

拓海先輩の惑う瞳を、私はまっすぐに見つめ返した。

「怖くても、知りたいと思うことをやめたくない。今の拓海先輩に必要なのは、自分の弱さを認められる強さです！　拓海先輩はひとりじゃない。不安なら私がそばにいます。だからどうか、お母さんと向き合ってください!!」

伝われ、伝われと私は心の中で唱える。

「お前は、いつも直球だな」

すると不意に拓海先輩が、私の首に下がっているお母さんの形見のペンダントを持ち上げた。ジャランとチェーンが揺れる音がする。

「す、すみません」

「別に。時々イラッとすることもあるが……」

「うぐっ、重ね重ねすみません」

拓海先輩はペリドットの石を見つめている。

自然と近づく距離に私は照れくさくなって、前髪を右手で撫でつけた。

「でも、俺にはお前みたいな光が必要だったのかもしれない」

「え？」

「俺は、そんなお前が――っ!?」

なにかを言いかけた拓海先輩は、突然息を呑んだ。そして、ペリドットの宝石を食い入るように見つめている。

「た、拓海先輩？」

「光が……」

「え？」

それは、私には見えない。でも、拓海先輩の瞳には確かに映っているようだった。

「光ってる、ペリドットの宝石が」

信じられないと言わんばかりに拓海先輩はつぶやいた。

＊　＊　＊

光がまたたいたと思ったら一瞬で、俺の意識はどこかへと引っ張られる。

パラパラと聞こえる、何十、何千もの紙が暗い空へと吸い込まれていく音。気づけば、俺は暗い闇の底へと落ちていた。

どうして俺はここに……？

目の前にいたはずの来春の姿がないことに不安を覚える。

この紙たちは、依頼品に宿る記憶と想いだ。まさか……これは、あのペリドットの宝石に宿るエピソードたちなのか？

今まで見ることも聞くこともできなかったのに。本当に知りたいものを鑑定できる時がついに来たのだ。

だとしたら、俺はなにを願う？　どの記憶と想いに触れたらいいのだろう。

来春は、母さんに向き合えと言っていた。これは、あの人を知るチャンスなのかもしれない。だとしたら俺は……ずっと知りたかったことがあったはずだ。そう、いつもは考えないように心の奥底に蓋をしてきた想い。

「母さんは俺を……」

言葉にするのは、その弱さを認めるようで怖い。だが、来春が教えてくれたのだ。弱いことは決していけないことじゃないと。みんなそうなのだから、向き合えと。

私がそばにいるからと、背中を押してくれた。俺はもう逃げてはいけないのだ。

「俺を愛してくれていたのか、母さん!!」

俺は願いを言い放つ。そして、膨大なエピソードの中から、ひときわ輝くモノに手を伸ばした。

……この記憶と想いに、俺の知りたい真実がある。

パァッと柔らかくも強い光が、母のぬくもりのように俺を包む。もう子供と呼ぶには大人びた俺がこんなことを思うのは少し気恥ずかしいが、母に抱かれているようで心地いいと感じた。

まるで赤子に戻ったかのような気持ちで、俺は眠るように瞳を閉じた。

すると、遠くで懐かしい声が聞こえた。

『深海さん、いつもすみません』

鈴の音が鳴るような透き通る声に、俺はハッと目を開ける。見渡せばそこは、まだ真新しいフカミ喫茶店のようだった。テーブル席には、写真でしか姿を見ることができなかった母さんが座っている。

母さんは朝から晩まで仕事で家を空けており、会話という会話をした記憶はほとんどない。マスターが俺の親代わりだった。

『お疲れのようですね、コーヒーをどうぞ』

マスターもまだ五十代くらいに見えた。テーブルにコーヒーを運ぶと、母さんは嬉しそうに顔をほころばせる。

『ありがとうございます。あぁ、ホッとする……』

背中を丸めて、香りを楽しむようにカップへ顔を近づける母さんは、誰から見てもわかるくらいにやつれていた。

『コーヒーの香りは、リラックスした時に出るα派がたくさん出るのだそうですよ』

『ふふっ、でもきっとそれだけじゃないです』

コーヒーをひと口飲んでカップを皿へと戻すと、母さんはくすっと笑った。

『と、いうと？』

『深海さんが入れたコーヒーだから、きっとこんなに穏やかな気持ちになれるんだと思います』

そんな母さんを、深海さんは心配そうに見つめる。

『父の親友だからという理由で、拓海のこともお店のことも任せっきりですみません』

『いいえ、私も拓海くんがかわいいですからね。苦ではありませんよ』

マスターは昔も今も変わらないんだな。

その優しい人となりに、強ばっていた俺の顔がゆっくりとほころぶのを感じた。

『深海さんがそんなだから、私はつい甘えてしまうんです。でもやっと、鑑定の仕事も軌道に乗ってきました』

母さんはやりきったような笑顔で、深く背もたれに寄りかかる。そして、ぼんやりと天井を見上げた。

『では、そろそろここを本拠地にするのですか？』

『えぇ、出張ばかりでこれ以上、拓海に寂しい思いをさせたくないので。ふぅ、ここまで来るのに随分時間をかけてしまいました』

母さんは、俺に寂しい思いをさせないように頑張ってくれていたんだな。それを知らずに俺は、どうしてもっとそばにいてくれなかったのかと母さんを責めるばかりだった。

考えもしなかったのだ、母さんの苦労なんて。もっと早く気づけていたら、母さんはまだこの世にいてくれたのかもしれない。

そう考えると、後悔ばかりがあふれてきて胸が重苦しくなった。

『鑑定の力は本物だと美葉さんが証明してきたからこそ、依頼数も安定してきたのでしょう。きっと拓海くんもわかってくださいますよ』

その言葉に母さんは表情を陰らせ、自嘲気味に微笑む。

『でも、一度失敗していますから』

それが父さんと離婚した時のことを指しているのは、すぐに察しがついた。

『でも、どうしてもあの子のために居場所を作ってあげたかったんです』

『居場所……ですか？』

深海さんは濡《ぬ》れた手をペーパーで拭くと母さんの向かいの席に腰かけて、どういう意味かと尋ねた。

『私の力は亡くなった父から、望む望まないに関わらず受け継ぎました。両親を除いては親戚や友人、恋人にも理解されず、ずっと隠して生きてきたんです』

母さんも俺と同じだったのか。

どんなに本当だと訴えても周囲の目は冷たく、突き放すように残酷なものだった。

俺のことを理解してくれる人間は誰もいない。そう思ったら、気づいてしまったのだ。俺は孤独なのだ、と。

『たくさん悩んだ。どうして私にはこんな力があるのか、この力は特別なのにどうして私を孤独にするのか……と』

母さんもこの力がどうして自分にあるのか、疑問に思っていた。その事実に俺だけが苦しんでいたわけじゃないのだと教えられたようで、心が少しだけ軽くなる。

『でも、父や私がしてきた鑑定で誰かの過去の清算、向き合うための一歩につながるその瞬間を見た時、私はその答えにたどり着いた気がしました』

母さんの聡明《そうめい》な瞳が、まばゆい光を見つめるかのように細められる。これまでの依頼で出会ったエピソードたちを思い出しているのか、懐かしむような表情だった。

『その答えとは、なんでしょうか』

『アンティークやモノは、目に見える想い。それを守る力が鑑定なのだと。だからきっと、私たちは人と人とをつなぐメッセンジャーなんです』

それは、来春が言った言葉とほとんど同じだった。あいつは俺より先にその答えにたどり着いていて、俺をその道へと導いてくれていたのだ。

『拓海にも、力の本質とはなにかを見出してほしい。そして、いつか拓海の力が誰かを幸せにした時、決して孤独だけをもたらす力ではないことに気づいてほしい』

『だから、居場所なのですね。この場所で拓海くんを必要とする人たちがいることを知ってもらうために』

マスターは納得したように頷き、『すべては拓海くんのためですか』と尊敬の眼差しを母さんに向ける。

『はい、だから、もうひと頑張りです』

疲れも感じさせないように、母さんはパッと笑顔を浮かべた。

俺のために母さんは頑張ってくれていた。でも、そのせいで母さんは体を壊し、入院したのだ。

そしてまたパァッと光がまたたき、世界をのみ込む。そのまぶしさに俺は目をつむった。

光が落ち着いたのをまぶたの向こうに感じ、もう一度目を開ける。

場面は変わり、母さんの入院していた病院の中庭に俺はいた。

小学五年生の秋、ここへ来たのは数えるほどだった。

病室で会っても母さんとなにを話していいのかがわからず、口を開けば文句を言ってしまいそうで、なにも言葉にできずにいた日々。

あの時はまさか母さんが死ぬだなんて思いもしなかったから、俺はそんな態度を取り続けられたんだろう。もし明日にでも死ぬのだとわかっていたのなら、俺はもっと素直になれたのかもしれない。

病院の中庭は歩道以外はすべて芝生が植えられており、緑の青々しい葉をつけた木々がたくさんある。その葉先はほんのりとオレンジ色に染まっており、本格的な秋が近いのだと思った。

母さんはちょうど、木陰にあるベンチに座っていた。どこか遠い目で、目の前を駆けずり回る小学生くらいの患児を見つめている。

『もう、拓海のそばにはいられない……私に残してあげられたのは、唯一、居場所だけだったわね』

ベンチに腰かけて、母さんはひとりつぶやいた。

『教えてあげたいこと、もっとたくさんあったのになぁ』

泣きそうな顔で微笑むと、その顔を隠すように俯けた。

そんな時だった。母さんの前に、先ほど駆け回っていた小学生くらいの患児が立つ。

『なにか、悩み事があるの？』

子供は、コテンと小首を傾げて母さんに話しかけた。

その顔に見覚えがあって、ハッとする。

『なら、私がいるよ』

まるで太陽のようにまぶしく、くしゃっと笑ったこのガキは、恐らく来春だ。

『あなたは？』

『私は、来春っていうの!! 肺炎になっちゃって入院してるの』

やっぱり。こいつ、小学生の時からあんまり顔が変わってないな。

天真爛漫さが今の来春に重なって見えて、つい笑みがこぼれる。

『そう、とってもいい名前ね。私は美葉よ』

来春の無邪気さにつられるように、母さんの疲れた顔も明るくなる。そして次に、意味不明な質問を来春に投げかけた。

『もし、あなたにしかできないことがあるとしたら、どうする?』

『私にしかできないこと?』

来春は目を何度かしばたたかせ、不思議そうな顔をしている。恐らく今の俺も来春と同じ表情をしているだろう。

『そう、世界でたったひとり、あなたにしかできないこと』

『お姉さんが笑顔になるならなんでもする』

来春はこの時から人を疑うことをせず、ただ救いたいという一心で行動できる、優しいヤツだった。

『これを預かってほしいの』

母さんは肌身離さず持っていたペリドットのペンダントを来春に渡す。

『これなあに?』

『私の王子様を……あなたが光の道に導きますように』

『王子様？』

『そう、あなたならきっと彼の光になれる』

その彼が俺だということか。だとしたら母さんは、どこからどこまでを予測していたのだろう。俺と来春が出会うかどうかなど、誰にもわからないはずだ。

『あなたは優しい女の子だから、この出会いが私の思い描く運命となり、救いとなりますように』

そう、来春も言っていた。これが母さんの残した謎の言葉。

そして母さんは、ペンダントを手に立ち尽くす来春の前から去っていく。

『あなたが来春ちゃんに出会い恋をして、たったひとりを想い想われることで心救われますように』

歩きながら母さんは、信じられないことを口にした。

なん……だと？　母さんは本気で俺たちを出会わせ、それだけでなく恋に落ちるところまでを確信していたということか。

『拓海が力を正しく使えるように、その力ごと自分を愛してくれますように。このペリドットの如く拓海の心に根付く闇を払い、太陽の光となりますように。これが、私の思い描く運命』

俺はどうやら、母さんの描く運命とやらに導かれたらしい。

「——い」

ふいに、天から声が聞こえた気がした。

「——先輩」

あぁ、今度は気のせいではなく確実に。春風のようにふわりと俺の耳に届く声。

「拓海先輩!!」

この声は、そう……あいつの声だ。

それに気づいた瞬間、春のこもれびのような温かさが胸に広がり、俺の口元に自然と笑みが浮かんだ。

あぁ、帰ろう、あいつのところに——。

＊　＊　＊

突然、微動だにしなくなった拓海先輩の名前を、私は必死に呼んでいた。

ふとした瞬間に、拓海先輩を遠くに感じることがある。それはきっと、誰にもない力を持ち無意識に人を遠ざける彼だからなのだろう。だから怖くなる。私の前から消えてしまいそうで。

「っ、来春？」

ハッとしたように、拓海先輩は私を見た。

よかった……やっと、目が合った！

ホッとした瞬間、目からブワッと涙があふれる。

「お、おい、お前、泣いてるのか？」

「拓海先輩のせいですよ!!　突然目を開けたまま寝ちゃうとか、心配するのでやめてくださいよ！」

動揺している拓海先輩に私は構わず怒りの声をあげた。

「待て、俺は寝ていない」

「いーえ、目を開けたまま、あちらの世界に逝っちゃってましたよ！」

「……どちらの世界だ」

拓海先輩に、『お前のせいで疲れた』みたいな目を向けられる。

それに呆れて、涙も引っ込んだ。心配させたのは拓海先輩なのに、と心の中で文句を言いつつ、とにもかくにも拓海先輩が正気に戻って安心した。

「で、突然どうしたんです？」

「あぁ、このペンダントの鑑定ができた」

「え!?」

なぜ今、突然!?　でも待って、ということは拓海先輩がお母さんの存在を受け入れられたということなのでは？

そう思ったら、喜びが噴水のように湧き上がってくる。

「来春、俺たちの出会いは、母さんが仕組んだ運命らしい」

「仕組んだって、え？」

「俺らは出会うべくして出会ったということだ」

拓海先輩は照れながら微笑んだ。無表情が鉄板の彼にしては、大きな変化だ。

なにも知らないただの女の子がこれを聞かされたら、なにこの変態って突っぱねるのかもしれない。でも私の頭には、美葉さんに言われた『あなたは優しい女の子だから、この出会いが私の思い描く運命となり、救いとなりますように』という言葉が駆け巡る。

笑い飛ばせないほどに、私は〝運命〟という言葉を大事にしている。もちろん、美葉さんが残した言葉だからだ。

「母さんは、力のことで俺が悩むだろうことを悟っていた」

「あ……それって、お母さんも同じ力があるから？」

前に拓海先輩も言っていた。同じ力のあるお母さんなら理解してくれるって。でも、一番そばにいてほしい時、拓海先輩はひとりだったたって。

「お前の言ったとおり、母さんに残された時間は少なかった。だから自分を気遣ってくれたお前に俺を託した」

「気遣ったなんて……ただ、声をかけただけです。まさか美葉さんが亡くなってしまうほど苦しんでいたなんて思いもしなかった。知っていたら、もっとなにかできたんじゃないかって後悔しています」

　本当は自分の手で拓海先輩を守りたかったはずだった。このペンダントを、どれほどの痛みを抱えながら私に託したのだろう。想像すればするほど泣きたくなる。

「そんなお前だから、母さんはそのペンダントを託したんだろうな」

　拓海先輩の聞いたこともないような柔らかい声が耳をくすぐる。優しさにあふれた眼差しに包まれて、落ち着かない気持ちになった。

「そんな私って？」

「つまり、優しいってことだ」

「ええっ！」

　まさか拓海先輩から『優しい』なんて言葉が出てくるとは。

　驚いて、拓海先輩の顔をまじまじと見てしまう。

「なんだ」

「な、なんでもありません」

まずい、顔が熱くなる。不意打ちの落とし文句はやめてほしい。坂道をゴロゴロ転がり落ちるみたいに、拓海先輩に心奪われてしまいそうになった。

「こ、こほん！ そ、それで、仕組まれた運命っていうのは？」

わざとらしく咳払いをして、話を変える。

「あぁ、まず母さんは俺とお前を出会わせるために、そのペンダントを渡した」

「はあ」

気の抜けた返事になってしまった。

だって、ペンダントが私たちを引き寄せるとか、かなりファンシーな設定だ。

そんな私の様子に気づいた拓海先輩が、『とりあえず最後まで聞け』と目で訴えかけてくる。

「クラウンはそのペンダントを特別気に入っていてな、お前がどこにいてもクラウンが見つけ出すと踏んだんだろう」

「でも、私が近くに住んでなかったら会えなかったですよね？」

それって運命じゃなく、奇跡的な偶然なのではと思う。

「いや、お前は肺炎で入院していた。肺炎なら特別大きな病院でなくても、比較的自宅から近い病院へ入院することが多いだろう」

まぁ確かに、すごく重い肺炎ではなかったし、点滴をすればすぐに落ち着き、短期間で退院もできた。病院は私の家の最寄駅から二駅ほど離れているが、近い場所にあった。

「憶測だが、母さんはいつの日かクラウンがお前を見つけ出し、俺たちが出会うように仕組んだんじゃないか？」

「お母さん何者⁉」

鑑定士には未来予知の力でもあるのだろうか。あの時の美葉さんが、そんなことまで考えていただなんて、ただただ驚くばかりだ。

「あとは母さんの時みたいにお前が得意のおせっかいを発動させ、俺をほっとけずに助けようとすることも計算していたんだろうな」

……得意のおせっかい。

不服だが、そのとおりだから言い返せない。

「それが母さんの仕組んだ運命だ」

「そう、だったんですね」

まさか私たちの運命が、美葉さんと出会った瞬間から始まっていたとはびっくりだ。でもやっと、知りたかった謎が解けた。

「俺が力を正しく使えるように、このペリドットの如く俺の心に根付く闇を払い、太陽の光となりますように」

「それは？」

「母さんがそう言っていた」

拓海先輩が私をじっと見つめてくる。

それになぜだか緊張して、口内がパサパサになってきた私は乾いた唇をなめた。

「悔しいが、そのとおりになった。お前は俺の太陽だからな」

癪《しゃく》だと言わんばかりの顔で、むせ返りそうなほど甘口のセリフを放った。拓海先輩にしては究極に珍しいひと言は、想像を絶する甘さを感じる。

「私は……拓海先輩の太陽になれているんでしょうか」

美葉さんが望み、私がそうなりたいと願った姿に。

改めて託されたモノの重さに気づいて、心配になった私は拓海先輩に尋ねる。

「さっき言っただろう、二度は言わん」

なのに、拓海先輩は今日も私に甘くない。

「な、なんですか、拓海先輩のケチ！」

「うるさい、そばで騒ぐな」

「この、ブリザード男！」

「フンッ、それなら望みどおり、ここに氷づけにして置いて帰ってやる」

相変わらずこの人は冷たい。だけど、拓海先輩。あなたと過ごした時間はどれも宝石のように輝いていて、お母さんが仕組んだ運命がなくたって私たちは出会っていたし、そばにいましたよ、きっと。

私は隣に座る拓海先輩の横顔を見上げて、そう思う。

美葉さんが出会わせてくれたこの運命に感謝を。そして、これから拓海先輩と歩む未来は、私が自ら望む運命だ。

「そろそろ帰るか」

そう言って先に立ち上がった拓海先輩の手を、私は咄嗟《とっさ》に掴んだ。

「あの、待ってください！」

「……なんだ」

「えっと、これ返さなきゃ」

私はペリドットのペンダントを首から外して、拓海先輩に差し出す。

「これはやっぱり、拓海先輩のそばにあったほうがいいと思うんです」

お母さんの形見だし、それにペンダントがなくたって私は拓海先輩のそばにいると決めたから。

「いや、それはお前が持っていろ」

なのに、拓海先輩は私の手の中で光るペリドットの光を見つめるとそう言った。

「え？　私、このペンダントがなくても拓海先輩のそばにいますよ？」

「いや、宝石は持ち主を選ぶ。これはきっと、お前が持っていてこそ輝くんだろう」

「でも……いいんですか？　お母さんの形見なのに」

「俺にとって重要なのは、ペンダントじゃなくてお前だ」

恥ずかしげもなく、深海《しんかい》のような瞳を私へまっすぐに向ける拓海先輩。

その視線の力強さに圧倒された。この人はこんなに熱い目をしていただろうか、と。

「えっと……」

それって、どういう意味ですか？と尋ねたい衝動に駆られるが、思いとどまる。

答えを聞くのが単に怖かったからかもしれない。だって変に期待して、そうでなかった時の胸の痛みと恥ずかしさときたら半端ないだろうから。

「俺は母さんみたいな、人と人とをつなぐ鑑定士になる」

「あ……」

あんなに自分の力を嫌っていた拓海先輩が、その力を夢に変えようとしている。その姿にジンと胸が熱くなった。

「だからお前は、俺を導く光になれ」

彼はどこか憑《つ》き物《もの》が落ちたかのようなすがすがしい顔をしていた。

「拓海先輩……」

「これからも手放すつもりはない。結果、俺が持っていようがお前が持っていようが同じってことだ」

「は、はぁ？」

もしかして、遠回しに『そばにいていいよ』って言ってくれているのだろうか。

「わかりにくっ！」

自信満々に、ややこしい言い方をしないでほしい。拓海先輩に恋した身としては、好きな人の言葉には敏感なのだ。

「うるさい、帰るぞ来春」

差し出された手に、私の胸はドキンと跳ねた。

でも、ここで恥ずかしさに負けたら、もう二度と手なんてつなげないだろう。拓海先輩が好きな私はそのチャンスを逃したくないわけで……。

「はい！」

迷わずその手を掴む。

願わくば、この手が永遠に離れませんように。私たちの運命がこの先もずっとつながっていますように。そして、あなたの夢を私も一緒に追いかけていますように。

私は欲張りにも、夜空に散りばめられたすべての星々に、そう願った。

エピローグ

そこは、不思議な世界への入り口。

赤茶色のレンガの外装とその壁からつり下げられたガス灯が目印のレトロなこの建物は、都会にはふさわしくない、こぢんまりとした薄暗い路地裏のまっすぐに伸びた道を抜けた場所にある。

ウサギ……ではなく、ゴールデンレトリバーが誘うここは、摩訶不思議《まかふしぎ》な依頼品が訪れる喫茶店。

カランッ、カランッという耳心地のいいベルの音と共に、今日も迷えるワケありアンティークがお店にやってくる。

「あの、ここはフカミ喫茶店でしょうか？」

「はい、いらっしゃいませ！」

フカミ喫茶店には、世界一おいしいコーヒーを淹れる老紳士に、宝物を癒す天才リペア師、そして……。

アンティークに宿る記憶や想いを読み解き声にならないメッセージを伝える、性格難アリのイケメン鑑定士がいる。

ここへやってくる依頼品は今日もトラブルを運んでくるけれど、どんなトラブルも私たちにかかれば、なんのその。

そう、すべてはこの言葉から始まる。

「鑑定を、始める——」

END

あとがき

こんにちは、涙鳴《るいな》です。このたびは『フカミ喫茶店の謎解きアンティーク』を読んで下さり本当にありがとうございました。

今作は『この一冊が、わたしを変える。』がコンセプトである第二回スターツ出版文庫大賞にて『ほっこり人情部門』を受賞した思い入れのある作品です。

今までたくさんのコンテストに応募しながら作品を書き続けてきましたが、デビューしたのは本当に最近です。

小説は引っ込み思案な私が唯一、自分を出せる場所であり、作家になることは中学生からの夢でした。なので、デビューにたどり着くのに何度、もう書くのをやめてしまおうかと悩んだかわかりません。

また、私生活でも私は新たなステージに立つ節目にいて、ここが潮時かもしれないと書くのをやめようと思ったのは小説を書き始めて六、七年目のときだったと思います。そこで私があきらめずにいられたのは、サイトで投稿した作品に読者の皆様が感想をくださったり、同じように書籍化を目指して頑張っている作家さんの姿を見たからです。人が何かに向かって歩いて行く道の途中には、必ず坂道や遠回り、壁にぶつかることがあると思います。けれど、歩くことをやめたら本当にそこで終わりなんですよね。

何度も立ち止まって、本当に続けていけるのか、やめたいのかを自分に問いかけながらも、そのときそのときにある出会いに叱咤されてチャレンジすることを選んできました。

この『フカミ喫茶店の謎解きアンティーク』も私のように人生の一番苦しい時期にいる誰かが、この作品を読んで笑ったり泣いたりして、元気になれるような作品を書きたいなと思い書きました。この作品が、また頑張ろうと思えるきっかけになれたら幸いです。

最後に今作を見つけて素敵な賞をくださった担当の森上様、スターツ出版の皆様、物語の世界観を素敵なイラストで飾ってくださったげみ様、そしてなにより読者の皆様に心から感謝申し上げます。

二〇一七年十一月　涙鳴

この物語はフィクションです。実在の人物、団体等とは一切関係がありません。

涙鳴先生へのファンレターのあて先
〒104-0031　東京都中央区京橋1-3-1　八重洲口大栄ビル7F
スターツ出版(株)書籍編集部 気付
涙鳴先生

フカミ喫茶店の謎解きアンティーク

2017年11月28日　初版第1刷発行

著　者　　涙鳴

発 行 人　松島滋
デザイン　西村弘美
D T P　久保田祐子
編　　集　森上舞子
　　　　　ヨダヒロコ（六識）
発 行 所　スターツ出版株式会社
　　　　　〒104-0031
　　　　　東京都中央区京橋1-3-1　八重洲口大栄ビル7F
　　　　　TEL　販売部　03-6202-0386（ご注文等に関するお問い合わせ）
　　　　　URL　http://starts-pub.jp/
印 刷 所　大日本印刷株式会社

Printed in Japan

ISBN　978-4-8137-0360-0　C0193

スターツ出版文庫　好評発売中!!

『放課後音楽室』　麻沢《あさざわ》 奏《かな》・著

幼い頃から勉強はトップクラス、ピアノのコンクールでは何度も入賞を果たすなど〈絶対優等生〉であり続ける高２の理穂子。彼女は、間もなく取り壊しになる旧音楽室で、コンクールに向けピアノの練習を始めることにした。そこへ不意に現れたのが、謎の転校生・相良。自由でしなやかな感性を持つ彼に、自分の旋律を「表面的」と酷評されるも、以来、理穂子の中で何かが変わっていく—。相良が抱える切ない過去、恋が生まれる瑞々しい日々に胸が熱くなる！

ISBN978-4-8137-0345-7 ／ 定価：本体560円＋税

『いつかの恋にきっと似ている』　木村《きむら》 咲《さき》・著

フラワーショップの店長を務める傍ら、ワケありの恋をする真希。その店のアルバイトで、初恋に戸惑う絵美。夫に愛人がいると知っている妊娠中の麻里子。３人のタイプの違う女性がそれぞれに揺れ動きながら、恋に身を砕き、時に愛の喜びに包まれ、自分だけの幸せの花を咲かせようともがく。——悩みながらも懸命に恋と向き合う姿に元気づけられる、共感必至のラブストーリー。

ISBN978-4-8137-0343-3 ／ 定価：本体540円＋税

『雨宿りの星たちへ』　小春《こはる》りん・著

進路が決まらず悩む美雨は、学校の屋上でひとり「未来が見えたらな…」とつぶやく。すると「未来を見てあげる」と声がして振り返ると、転校生の雨宮先輩が立っていた。彼は美雨の未来を『７日後に死ぬ運命』と予言する。彼は未来を見ることができるが、その未来を変えてしまうと自身の命を失うという代償があった。ふたりは、彼を死なさずに美雨の未来を変えられる方法を見つけるが、その先には予想を超える運命が待ち受けていた。—未来に踏みだす救いのラストは、感涙必至！

ISBN978-4-8137-0344-0 ／ 定価：本体560円＋税

『半透明のラブレター』　春田《はるた》モカ・著

「俺は、人の心が読めるんだ」——。高校生のサエは、クラスメイトの日向から、ある日、衝撃的な告白を受ける。休み時間はおろか、授業中でさえも寝ていることが多いのに頭脳明晰という天才・日向に、サエは淡い憧れを抱いていた。ふとしたことで日向と親しく言葉を交わすようになり、知らされた思いがけない事実に戸惑いつつも、彼と共に歩き出すサエ。だが、その先には、切なくて儚くて、想像を遥かに超えた“ある運命”が待ち受けていた…。

ISBN978-4-8137-0327-3 ／ 定価：本体600円＋税

書店店頭にご希望の本がない場合は、書店にてご注文いただけます。